WINNAARS

Ton van Reen

Winnaars

Met tekeningen van Yolanda Eveleens

 Zwijsen

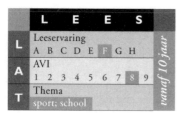

NEDERLANDSE
KINDERJURY
2005

Toegekend door KPC Groep te 's-Hertogenbosch.

1e druk 2004

ISBN 90.276.7925.8
NUR 283

© 2004 Tekst: Ton van Reen
Illustraties: Yolanda Eveleens
Uitgeverij Zwijsen B.V. Tilburg

Voor België:
Zwijsen-Infoboek, Meerhout
D/2004/1919/584

INHOUD

1. Winnaar

A isha beet op haar tanden. Uit haar ooghoeken zag ze dat Lisa dichterbij kwam. Het scheelde maar een paar passen. Nog honderd meter, dan zat de race erop. De overwinning liet ze zich niet afnemen. Van de kinderen langs de kant zag ze alleen nog maar de ogen. Verder niks. Alleen ogen die naar haar keken. Naar haar!

Aisha flitste over de streep. Juichend stak ze haar armen omhoog. Ze had de race gewonnen. Nog net zag ze hoe Lisa als tweede over de streep ging. En na haar volgde Sally.

Languit viel ze in het gras om uit te hijgen. De eerste keer dat ze de 800 meter had gewonnen.

'Wat ben jij goed,' hijgde Lisa, die naast haar neerviel en een arm om haar heen sloeg.

'Nauwelijks getraind,' zei Aisha. 'En toch gewonnen.'

'Je bent een talent,' zei Lisa. 'Je bent de beste van alle meisjes. Nu mag je meedoen aan de schoolwedstrijden.'

'Alleen ik?' vroeg Aisha.

'Ik ook,' zei Lisa. 'En Sally. Aan elk atletieknummer doen van alle scholen de beste drie mee.'

'Goed zo, Aisha,' zei meester Jip, die de tijd had opgenomen. 'Drie minuten en tien seconden. Ik wist niet dat jij zó hard kon lopen. Je was fabelachtig snel. In je snelheid heb je Lisa en Sally meegetrokken. Die konden al hard lopen, maar nu waren ze sneller dan ze

ooit zijn geweest.'

'Ik heb altijd goed kunnen lopen,' zei Aisha. 'In Somalië was ik ook altijd bij de besten. Maar op school deden we niet veel aan sport.'

'Waar deed je dat dan?' vroeg Lisa.

'We renden achter de geiten aan,' zei Aisha. 'Voor de lol. Ik merkte wel dat ik hard kon lopen. De anderen bleven altijd achter.'

'Je hebt talent,' zei de meester. 'Ik ben trots op je. Bij de schoolwedstrijden mag jij voor ons uitkomen.'

'Ik zal mijn best doen,' beloofde Aisha. Ze was blij. Ze woonde nog maar vier jaar in Nederland, maar ze had het naar haar zin. Een jaar geleden was ze op een leuke school terechtgekomen, De Regenboog. Toen ze vanuit het centrum voor asielzoekers naar Nijmegen verhuisde, was ze bang het enige gekleurde kind op school te zijn, maar er zaten veel kinderen uit andere landen op haar school. Ze viel er helemaal niet op.

'Kom, dan gaan we kijken hoe de jongens het doen,' zei Lisa.

Ze stonden op en gingen bij de anderen naast de baan staan.

De jongens waren aan de 1000 meter bezig. Tweeënhalf maal de baan rond. Zoals ze al verwacht hadden, liep Roy aan kop. Ver voor de anderen kwam hij over de finish, de armen omhoog.

'Logisch dat hij wint,' zei Lisa. 'Roy is bij de atletiekclub. Hij traint elke dag. Kijk maar, hij is niet eens moe.'

—

9

'Kom, we gaan wat drinken,' zei Sally.

Samen liepen ze naar de kantine.

'Denk je echt dat ik kans maak bij de schoolwedstrijden?' vroeg Aisha.

'Natuurlijk,' zei Lisa. 'Vorig jaar was ík al bij de snelste loopsters. En ik ben echt niet minder geworden. Dus kan het niet anders dan dat jij nu ook bij de besten hoort. Je eindigt zeker bij de eerste drie.'

'Kom, eerst een cola,' zei Sally. 'Die hebben we verdiend.'

In de kantine stonden ze met z'n drieën voor de spiegelende vensters. Aisha keek even naar zichzelf. Ze veegde een paar haren goed, net zoals de andere meisjes deden.

Opeens merkte ze dat er een paar jongens achter hun rug naar hen stonden te kijken.

'Zie je dat?'

'Wat?' vroeg Sally.

'Die jongens,' zei Aisha. 'Ze kijken de hele tijd naar ons.'

'Zie je dat nu pas?' zei Sally. 'Die gasten kijken altíjd naar ons.'

'Waarom?'

'Waarom? Vraag jíj dat? Die zijn allemaal verliefd op jou.'

Aisha kleurde van die opmerking. 'Gek, ik heb het nooit gemerkt.'

'Als jongens in Somalië verliefd zijn, kijken die dan niet zo?'

'Hoe bedoel je?'

'Met van die koeienogen?'

'Ja, zo kijken ze dan ook,' lachte Aisha. 'Maar toen ik nog in Somalië woonde, was ik veel jonger. De jongens keken nog niet naar mij.'

'Dan halen ze hier de schade in,' zei Sally. 'Hun ogen vallen haast uit hun hoofd.'

Roy kwam de kantine binnen.

'Spiegeltje, spiegeltje aan de wand, wie is de mooiste in het land!' riep hij vrolijk.

'Ik natuurlijk,' zei Sally.

'En als ik dat nou eens níét vind?' zei Roy.

'Dan ben ik nóg de mooiste,' zei Sally. 'Het ligt er maar aan hoe ik mezélf vind. Ik weet van mezelf dat ik de mooiste en de liefste ben. Wat jij ervan denkt, kan me niet schelen.'

'Maar daar gáát het toch juist om,' zei Roy wat verbaasd. 'Het gáát er toch juist om wat jóngens ervan vinden! Of ben ik gek omdat ik dat denk?'

'Ja, jij bent gek. Meisjes maken zelf wel uit door wie ze mooi gevonden willen worden.'

'Hoe doen ze dat dan?'

'Dat is het geheim. Ik ben de mooiste voor wie ík dat wil zijn.'

'Sally heeft gelijk,' zei Lisa. 'Ze is de mooiste, op mij na.'

'En ik ben de beste,' lachte Aisha.

'Jullie zijn niet wijs,' zei Roy. 'Meisjes, ach, er valt gewoon niet mee te praten. Van jullie redeneringen snap ik niets.'

'Logisch,' zei Sally. 'Jongens zijn net niet slim

genoeg om de gedachten van meisjes te kunnen volgen.'

2. DE HULDIGING

Onder de douche bij de kleedkamers zong Aisha het hoogste lied. En ze was niet de enige zangeres. Uit alle badhokjes klonk gezang. Het sportfeest had iedereen vrolijk gemaakt. Ook het mooie weer droeg bij tot de vreugde.

Nadat ze zich had aangekleed, ging Aisha samen met haar vriendinnen terug naar het terrein. Midden op het grasveld stond het podium voor de prijswinnaars.

De laatste wedstrijden waren bijna afgelopen. De meisjes van de lagere groepen waren nog aan het verspringen. De grootste jongens waren nog bezig met het kogelstoten. Een paar jongens, met spierballen als tennisballen, stootten het ding zo ver dat het leek of ze nooit iets anders deden.

Roy zat bij de laatste drie. Ook bij dit onderdeel hoorde hij weer bij de besten. Uiteindelijk werd hij toch verslagen door Lucas. Dat kon ook niet anders. Lucas had de borstkas van een tank. Hij was erg groot voor zijn leeftijd. En tweede werd Jon, maar die was dan ook een paar jaar ouder dan de anderen. Hij had al een snorretje. Hij was een paar keer blijven zitten. Roy werd derde.

Toen alles was afgelopen, hielp iedereen met opruimen.

Aisha raapte een kogel op. Wat was dat ding zwaar. Twee kilo. Dat de jongens er meer dan tien meter mee konden stoten, verbaasde haar. Een paar meisjes van

haar klas hadden die tien meter ook bijna gehaald.
Wonderlijk.

Nadat alles was opgeruimd, verzamelden alle kinderen zich rond het podium voor de prijsuitreiking.

Eerst waren de jongste groepen aan de beurt. Ze waren door het dolle heen en juichten om het hardst. Ze voelden zich echte wereldkampioenen. Het uitreiken van de prijzen duurde lang, want alle kleintjes kregen een prijs. Zelfs de laatste lopers kregen nog een aanmoedigingsprijs: een lintje waaraan een regenboogje hing, het symbool van de school. Yasmin, het zusje van Aisha uit groep drie, kwam trots haar prijs laten zien.

Eindelijk waren de lopers van groep zeven aan de beurt. Aisha, Lisa en Sally werden naar het podium geroepen. Ze kregen bloemen, alledrie, omdat ze samen de eer van de school gingen verdedigen. Vrolijk zwaaiden ze met hun bloemen. Het gaf Aisha wel een kick om de beste te zijn. Vooral toen ze hoorde dat haar tijd ook nog beter was dan de beste tijd van de loopsters van groep acht.

'Die Aisha wordt nog eens een groot kampioen,' hoorde ze meester Jip tegen juf Floor zeggen, net toen ze terugliep naar de groep. Ze keek ervan op. Meende hij dat echt? Een groot kampioen? Wat stelde dat dan voor? Wat betekende het om kampioen hardlopen van de school te zijn? Kreeg je dan vanzelf hogere punten? Of moest je dan juist nog beter je best doen, omdat een kampioen in niets mag achterblijven?

Na afloop fietste de groep terug naar school. Meester Jip had een boeket bloemen in een plastic zak aan het stuur.

'Voor wie zijn die bloemen?' vroeg Lisa opeens.

'Voor Jennifer,' zei de meester.

'Was zij er niet?' vroeg Lisa.

'Je weet toch dat ze nooit mee gaat naar sport.'

'Ze had toch wel op het veld kunnen zijn, ook al zit ze in een rolstoel?'

'Had jij je om haar bekommerd als ze er wél was geweest?'

'Dat weet ik niet. Ik had het druk met mezelf.'

'Zie je,' zei meester Jip, 'je hebt haar niet gemist. Je denkt nu pas aan haar, omdat ik zeg dat die bloemen voor haar zijn.'

'U hebt gelijk,' zei Lisa. 'We vergeten haar vaak.'

'Ik weet ook wel dat het niet moedwillig is,' zei de meester. 'Het komt doordat Jennifer zo vaak niet met de groep kan meedoen. Maar ze mag wel meedoen in de vreugde van de overwinning. Daarom zijn deze bloemen voor haar. Zo heeft ze het gevoel dat ze erbij hoort.'

Jennifer was niet op school. Omdat de klas de hele dag weg was voor de wedstrijden van De Regenboog, was ze thuisgebleven.

Meester Jip zette de bloemen in een vaas op haar tafeltje.

'Morgen vindt ze die wel,' zei hij.

'Ze zal er zeker blij mee zijn,' zei Lisa. 'Ze heeft ze

ook verdiend. Kijk maar eens.' Ze pakte de tekening die op het tafeltje van Jennifer lag. 'Moet je zien, hoe die meid kan tekenen. Het lijkt wel werk van Rembrandt.'

'Jennifer wordt ooit nog eens beroemd,' zei de meester. 'Zij is een echt talent.'

'Net als Aisha,' zei Lisa.

'Precies, dat bedoel ik.'

3. Trots

Aisha wachtte op haar zusje Yasmin. Maar die had geen haast met naar huis gaan. Ze was nog druk bezig met de kinderen van haar groep. Aisha moest haar bijna dwingen om achter op de fiets te kruipen.

Samen met haar vriendinnen fietsten Aisha en Yasmin naar huis. Roy fietste met hen mee.

'Heb je zin om vrijdag met ons mee te trainen?' vroeg Roy.

'Ik?' vroeg Aisha wat verbaasd. 'Heb ik vandaag nog niet genoeg gelopen?'

'Als je wat meer zou trainen, word je een ster. Dat zegt meester Jip ook.'

'Waar trainen jullie dan?'

'Bij de atletiekclub. Ons lokaal ligt bij het terrein waar we vandaag de schoolwedstrijden hebben gehouden. Ik ben lid van de club. Mike en Sam komen ook.'

'Gaan jullie ook mee?' vroeg Aisha aan Lisa en Sally.

'Als jij gaat, gaan wij ook,' zei Lisa. 'Ik begin het lopen nu pas echt leuk te vinden. Wie weet hoe hard ik kan als ik flink train.'

'Dan win je misschien van mij,' zei Aisha.

'Als jullie trainen, worden jullie fantastische loopsters,' zei Roy. 'Die kunnen we goed gebruiken bij de club. We hebben veel te weinig meisjes.'

'Hoe komt dat dan?'

'Ik weet het niet. Meiden zijn meestal bij ballet of bij

paardrijden of bij weet ik veel wat.'

'Ik ben bij aerobics,' zei Sally.

'Dan heb je daar die conditie opgedaan, waardoor je zo goed hebt gelopen,' zei Roy. 'Jouw tijd was ook goed.'

'Heb jij daar dan verstand van?' vroeg Aisha.

'Een beetje wel,' zei Roy. 'Een loper is altijd geïnteresseerd in tijden. Met die drie minuten en nog wat seconden hebben jullie fantastische tijden gelopen voor junioren.'

'Ik wil vrijdag wel komen,' zei Sally. 'Jij ook Aisha?'

'Ik moet het eerst thuis vragen. Ik weet niet of mijn moeder dat hardlopen wel zo'n goed idee vindt.'

'Natuurlijk wel, zeker als je kampioen wordt,' zei Lisa. 'Ik kom ook. Hoe laat moeten we er vrijdag zijn?'

'Zeven uur,' riep Roy. 'Tot morgen!' Hij sloeg de straat in waar hij woonde.

'Leuke jongen, die Roy,' zei Sally.

'Ben je op hem?' lachte Aisha.

'Nee, maar hij is gewoon leuk. Hij is een van de weinige jongens die zich niet aanstellen tegenover meisjes. Hij doet altijd heel gewoon tegen ons.'

'Dat komt omdat hij drie oudere zussen heeft,' zei Lisa. 'Hij is de enige jongen thuis. Die meiden zorgen er wel voor dat hij normaal blijft.'

Thuis zette Aisha haar fiets in het schuurtje en liep met Yasmin naar binnen. Moeder was met de kleine Hieham aan het spelen.

'Ik heb gewonnen,' zei Aisha trots.

'Gewonnen, met wat?' vroeg moeder wat verwonderd.

'Met hardlopen,' zei Aisha. 'Ik ben de beste van de hele school. Ik mag meedoen aan de schoolwedstrijden.'

'Ik heb ook een prijs,' zei Yasmin. Trots liet ze het lintje met het regenboogje zien.

'Mooi,' lachte moeder. 'Het lopen zit jullie in het bloed. Kijk maar naar Hieham. Hij is nog geen jaar oud, maar hij loopt al als een haas.'

'Brr brr,' knorde Hieham. Het was net of hij het verstond, want hij zette het echt op een lopen.

'Hij is geen haas,' zei Aisha. 'Hoor maar. Hij doet brr, brr. Hij denkt dat hij een auto is. Hij denkt dat zijn pootjes wielen zijn.'

Yusuf, de grote broer van Aisha, kwam thuis. Hij zat al in de brugklas.

'Ik ga alvast mijn huiswerk maken,' zei hij, direct naar boven lopend. 'Vanavond heb ik een wedstrijd kickboksen.'

'Je doet maar,' zei moeder. 'Je vader gaat met je mee.'

'Kan hij zien hoe ik win,' lachte Yusuf.

'Of in de kreukels komt te liggen,' zei Aisha.

'O nee, ik niet,' zei Yusuf. 'Ik win altijd.'

'Je hebt gelijk,' zei Aisha. 'Zo moet je denken. Zo denk ik ook altijd. Daarom heb ik vandaag ook gewonnen.'

'Met wat?'

'Hardlopen.'

'Had ik wel verwacht. Je hebt de benen van een hert.'
Yusuf verdween naar zijn kamer.
'Die is net als jij,' zei moeder. 'Die wil ook altijd winnen. Maar soms is er niets te winnen.'
'Hoe bedoelt u?' vroeg Aisha, een beetje verbaasd.
'Nou ja. Toen wij uit ons dorp weg moesten vluchten. Je weet toch nog wel. Die soldaten. Zo veel doden. Alle huizen kapot.'
'Ik weet nog steeds niet waarom er altijd oorlog is,' zei Aisha.
'Ik begrijp het ook niet,' zei moeder. 'Er zijn altijd wrijvingen geweest tussen de clans in Somalië. Ruzies over het vee. Over wie zijn kudden bij welk water mocht drenken. In droge tijden werd er ook gevochten. Maar een oorlog die al jaren duurt, nee, dat had ik nooit verwacht.'
Door het verhaal van moeder sloeg de stemming in Aisha's hoofd om. Opeens was het verdriet over de vlucht uit haar dorp en de lange hongertocht door de woestijn in haar hoofd terug. Het deed pijn in haar buik. Zoals altijd als ze dacht aan de honger, de pijnen en de kou. Alle ontberingen die ze hadden moeten ondergaan. Wekenlang. Tot ze in Djibouti waren aangekomen. In het kleine land waren ze opgevangen, maar er was geen plaats voor alle vluchtelingen om er te blijven.
En toen konden ze, na een paar maanden, plotseling mee met een schip naar Italië. En vandaar waren ze per trein in Nederland aangekomen. Drie jaar hadden ze in een centrum voor asielzoekers doorgebracht,

maar sinds een jaar hadden ze een huis in Nijmegen.

Aisha vond het daar prettig. Maar soms, zoals nu, kon opeens het hele verdriet in één klap terugkomen. Dat wilde ze niet. Zeker vandaag niet. Ze had zichzelf een paar technieken geleerd om het verdriet de kop in te drukken. Hoofd onder de koude kraan en dan uit alle macht proberen aan iets anders te denken.

Ze liep naar de badkamer en draaide de kraan open. Opeens zag ze de tekening die ze gisteren van Jennifer had gekregen op het tafeltje liggen. Een tekening van een kameel voor een bedoeïenentent. Aisha op de kameel. Precies zoals ze was. Met donkere pretogen.

Opeens waren de zwarte gedachten uit haar hoofd verdwenen. Waarom had ze de kraan opengedraaid? Ze draaide hem dicht.

Ze had veel te doen. Had ze genoeg trainingskleren om bij de club te gaan? Niet veel. Ze had eigenlijk nooit veel aan sport gedaan. In Somalië deden meisjes nauwelijks aan sport. Alleen op school een beetje. Sinds ze in Nederland woonde, had ze er nauwelijks tijd voor gehad. Ze had het druk genoeg gehad met het aanpassen aan het nieuwe land en nu met de nieuwe school. En met het leren van de taal. Gelukkig was dat wonderbaarlijk snel gegaan. Op de school in het asielcentrum had ze al vlug Nederlands leren lezen en schrijven. En op De Regenboog hadden haar nieuwe vriendinnen haar goed geholpen. Ze had het getroffen met haar school. En nu kon ze ook nog kampioen hardlopen van de hele stad worden. Dat wilde ze graag, al was het alleen maar om de school te tonen dat ze iedereen dankbaar was voor de hulp die ze had gekregen.

Ze keek in de spiegel. Recht in haar ogen. Ze moest een beetje om zichzelf lachen. Ze keek in de ogen van een kampioen. Een kampioen hardlopen. Gek, dat ze daar tot op de dag van vandaag nog nooit een seconde aan had gedacht. En nu opeens zat het helemaal in haar hoofd. Hardloopster. Winnaar. Ze wist het zeker. Kampioen, dat wilde ze zijn!

Maar wat haar moeder ervan vond?

'Ik moet je wat vertellen,' zei moeder, toen Aisha weer beneden was. 'Toen ik zo'n meisje was als jij, kon ik ook zo hard lopen.'

'Met schoolwedstrijden?'

'Die hadden we niet. Ik ben maar een paar jaar naar school geweest. Ik had er geen tijd voor. Ik moest mijn vader helpen, met de kudde. Koeien melken. Het vee weiden. Soms, als we er met het vee opuit gingen, ging ik achter de kalveren aan die afgedwaald waren. Of de geiten. Die dwaalden soms heel ver af. Dat vond ik fijn, hardlopen om die beesten te achterhalen. Soms rende ik kilometers achter zo'n geit aan, tot ik haar weer bij de kudde had gebracht.'

'Dus jij was eigenlijk een geboren kampioen?'

'Dat wist ik toen niet. Wij wisten niets over sport.'

'Had je geen trainingspak?'

'In Somalië? Welnee. Zeker meisjes niet. Ik liep gewoon in mijn jurk en met mijn chador* om. Een

*sluier

meisje in een trainingspak, in die tijd zouden de mensen hun ogen niet hebben geloofd. Zeker niet in ons dorp. Ik had nog nooit van hardloopwedstrijden gehoord, ook al hield ik van lopen. Soms ging ik alleen maar lopen om het lopen. Zomaar voor de lol. Ook als er geen geit zoek was. Kilometers de woestijn in. En dan terug. Vooral als ik me niet goed voelde, ging ik lopen. Zo hard ik kon. Als ik dan uitgeput thuiskwam, was alles weer goed.'

'Ze hebben me gevraagd om bij de atletiekclub te gaan,' zei Aisha plotseling. Ze hield haar adem in, zo spannend was het.

'En nu wil je weten of je vader en ik het goed vinden?'

'Ik wil graag.'

'Wij willen het ook.'

Aisha vloog haar moeder om de hals.

'Gek,' zei ze. 'Hoe wisten jullie dan al dat ik bij de atletiekclub wilde?'

'Ik wist het niet,' zei moeder. 'Maar je loopt precies zoals ik toen ik zo oud was als jij. Vader en ik hebben er al vaker over gepraat, vooral als we sportwedstrijden zien op de televisie. Die meisjes uit Kenia en Ethiopië winnen alles. Jij bent net zo. We zijn het er allang over eens. Als je een talent hebt, moet je het gebruiken.'

4. WARMING-UP

Een paar dagen later was het zover. Aisha ging voor de eerste keer naar de training bij de atletiekclub. Ze was een beetje zenuwachtig. Al direct na school had ze zich omgekleed in haar trainingspak en haar sporttas ingepakt.

'Hoe laat ben je thuis?' vroeg moeder, toen Aisha vertrok.

'Om half negen is het afgelopen.'

'Dan zal ik zorgen dat Yusuf er is om je op te halen.'

'Ik kan naar huis met de andere meisjes.'

'Nou, goed dan. Maar niet later.'

Aisha fietste naar het sportveld. Bij de ingang stonden een paar jongens. Ze floten haar na, maar daar maalde ze niet om. Ze kende dat soort wel. Stoere kereltjes, maar ze hadden hazenhartjes. Ze floten naar meisjes, maar als die hen aanspraken, kregen ze een rooie kop.

'Wat kunnen jullie goed fluiten!' riep ze. 'Zeker zangzaad gegeten?'

'Ja, lekker, kanarievoer!' riep er een terug.

Goh, deze jongens gaven nog antwoord. Sommigen durfden niets terug te zeggen, als je reageerde op hun fluiten.

'Als je je verveelt, kom je maar trainen!' riep ze.

'Hoe bedoel je?' riep er een terug, een dikkertje met een blozend hoofd.

'Hardlopen,' riep ze. 'Bij de atletiekclub!'

'Mij niet gezien,' riep de jongen. 'Ik zit liever op mijn kont.'

'Dat is wel te zien,' riep Aisha. Ze moest in zichzelf lachen. Maar de dikkerd lachte niet.

'Je moet me niet beledigen, rotmeid, want dan sla ik je op je kop.'

Ho, daar schrok Aisha van. Dit waren kereltjes voor wie ze op moest passen.

Lisa, Sally en een paar jongens waren al op het terrein. Sally lag lui in het gras. Een jongen van een jaar of twintig kwam aanlopen.

'Dat is Ries,' zei Roy. 'Hij traint de nieuwkomers.'

'Zo, jullie zijn die meisjes over wie ik al zo veel heb gehoord?' vroeg Ries.

'Ik weet niet wat je hebt gehoord,' zei Sally.

'Alleen maar goeds. Winnaars kan ik goed gebruiken in mijn groep. Ik volg een cursus voor jeugdtrainer. Ik ben blij als ik het geleerde in praktijk kan brengen met goede pupillen.'

'We doen ons best,' beloofde Sally.

'We beginnen met de warming-up,' zei Ries.

'Waar is dat goed voor?' vroeg Sally

'Dat is voor je spieren,' zei Ries. 'Dat ze eventjes voelen dat ze voor een echte inspanning gebruikt gaan worden. Als je zomaar opeens al je kracht gebruikt, kun je ze forceren. Dat kan spierscheuringen opleveren en zo. Eigenlijk horen ze dat op school voor de wedstrijden ook te doen.'

'Ook voor de gymnastiek?' vroeg Sally.

'Ja, dan ook. Als je de spieren opwarmt, zijn ze soepeler en raak je niet zo vlug geblesseerd. Dan kun je nog beter presteren. Kom, we gaan eerst wat inlopen en daarna oefeningen doen.'

Ries deed de oefeningen van de warming-up voor. Buigen, rekken en strekken. Het was ingewikkelder dan het op het oog leek.

'Doe jij dit allemaal om wereldkampioen te worden?' vroeg Sally aan Roy.

'Welnee, daar heb ik het talent niet voor,' zei Roy. 'Ik doe het omdat ik lopen leuk vind. Weet je wie wel wereldkampioen kan worden?'

'Nee? Iemand die ik ken?'

'Ze staat naast je.'

'Aisha?'

'Toch niet omdat ik een schoolwedstrijd win,' lachte Aisha een beetje verlegen. 'Ik heb nog nooit aan een echte wedstrijd meegedaan.'

Terwijl ze aan het rekken en strekken waren, zag Aisha vanuit haar ooghoek de jongens die eerder bij de ingang stonden het veld op komen.

'Komen jullie ook meedoen?' vroeg Ries aan de jongens toen ze vlakbij bleven staan.

'Alleen een beetje kijken,' zei de dikkerd.

'Kijken kennen we hier niet,' zei Ries. 'Hier doet iedereen mee.'

'Misschien de volgende keer.' De jongens gingen aan de kant in het gras liggen.

'Wat willen die eigenlijk?' vroeg Sally, wat verbaasd

over het gedrag van de jongens.

'Niet op reageren,' zei Roy. 'Ik ken ze. Die zijn van De Zonnewendeschool. Ze komen kijken hoe goed wij zijn.'

'Waarom?'

'Het zijn spionnen. Ze willen weten welke concurrentie ze van ons moeten verwachten op de sportdag. Ze doen nu net of ze niets kunnen, maar let op, De Zonnewende heeft altijd veel goede lopers. Vorig jaar hebben ze de meeste prijzen gewonnen.'

Toen ze hun spieren hadden opgewarmd, renden ze kalm aan een paar rondjes rond het veld, achter Ries aan. Lopend passeerden ze het groepje jongens weer.

'Hoe jij loopt,' riep een van de knapen smalend tegen Aisha. 'Wat een dunne benen heb jij. Pas maar op dat je die lucifers niet breekt!'

Aisha deed net of ze niets hoorde.

'We hoorden dat jij de beste van jouw school was,' riep de jongen weer. 'Wat een krukkenschool zeg!'

Aisha reageerde ook nu niet.

'Nu een rondje voluit,' zei Ries. Zo hard ze konden, holden ze de baan rond. Vierhonderd meter precies. En toen nog een keer.

Na twee rondjes vielen ze uitgeput in het gras. 'Die jongens hadden het tegen jou,' zei Sally toen ze lagen uit te hijgen. 'Ze hadden commentaar op jouw lopen.'

'Het kan me niets schelen,' zei Aisha.

'Ze vinden natuurlijk dat je te snel bent, maar dat zeggen ze niet. Ze keuren liever alles af.'

'Waarom eigenlijk?'

'Ze zijn bang dat je wint bij de schoolwedstrijden.'

'Wat maakt hun dat uit?'

'Die ene heeft een zus die ook hard kan lopen,' zei Sally. 'Ik ken haar nog van vorig jaar. Toen heeft ze alle loopnummers gewonnen.'

'Is ze zo goed?'

'Heel goed. Ze was de beste van alle scholen. Nu moet ze tegen jou lopen. Van ons kan ze winnen, maar nu moet ze zich extra bewijzen. Jij bent een echte concurrente voor haar. Kijk, en dat vindt die broer van haar niet leuk. Hij wil dat zij weer de beste is.'

'De beste moet winnen,' zei Ries. 'Zo hoort het in de sport.'

Nadat ze wat gerust hadden, gingen ze kijken bij de oudere atleten die ook op het veld trainden. Grotere jongens en meisjes, die aan het speerwerpen en kogelstoten waren. Een paar waren er aan het verspringen. Een enkeling was aan het hoogspringen met een polsstok.

Aisha was er wat verbaasd over dat ze nooit eerder op het atletiekterrein was geweest. Op tv keek ze weleens naar atletiek, eigenlijk toevallig, omdat haar vader graag naar sport keek, maar ze had er nooit een idee van gehad dat die sport ook zo dicht bij haar thuis werd beoefend.

Ze wist nu heel zeker dat ze lid van de club wilde worden. Hoe meer ze aan lopen dacht, hoe meer ze ervan hield.

5. BAM!

Het was al bijna halfnegen. Aisha wilde naar huis, want ze wilde nog graag even met Yasmin spelen voordat ze naar bed ging.

Roy en de meiden fietsten mee tot aan de uitgang van het sportpark.

'Tot morgen,' riepen de anderen.

'Tot morgen!' riep ze. Met een vaartje reed ze de laan naast het sportveld uit. Ze voelde zich prettig. Wat was het leuk om te kunnen laten zien dat je iets heel goed kon. Als ze ook nog eens zo goed kon worden in de gewone schoolvakken, dat zou wat zijn.

Opeens daagde er een schim op tussen de struiken. Een jongen liep het fietspad op.

'Aan de ka..!' gilde ze.

Bam! Ze lag op de grond. De fiets viel boven op haar. Ze schreeuwde het uit van pijn. Terwijl ze overeind probeerde te komen en de fiets van zich af duwde, zag ze de jongen tussen de struiken verdwijnen. Het ging zo vlug dat ze niet had gezien wie het was.

De anderen kwamen aanracen. Ze hadden haar horen gillen. Roy trok de fiets weg. Lisa en Sally hielpen haar overeind.

'Wat is er gebeurd?' vroeg Sally.

Toen pas zag Aisha dat ze bloedde. Haar elleboog lag open. En haar been deed ontzettend pijn.

'Er kwam een jongen uit de struiken,' huilde Aisha. 'En toen viel ik.'

'Ik weet wel wat er gebeurd is,' zei Roy kil. 'Die jongen heeft een stok tussen de spaken van je wiel gestoken. Kijk maar.' Hij hield de gebroken stukken van een stok vast. 'De spaken in het wiel zijn krom, zie je?'

'Waarom heeft hij dat gedaan?' vroeg Sally stomverbaasd.

'Ik weet het niet,' huilde Aisha. 'Ik heb met niemand ruzie.' Ze voelde aan haar been. 'Het doet zo'n pijn. Als het maar niet gebroken is.'

'Ik haal hulp,' zei Roy. Hij sjeesde weg.

'Kom, even op de bank zitten,' zei Sally. Samen met Lisa droeg ze haar naar de bank bij een bloemperk.

'Mijn arm bloedt,' huilde Aisha.

'Bloeden houdt de wond schoon,' zei Sally. 'Dan gaat het vuil eruit.' Met een zakdoek depte ze het bloed een beetje op. Gelukkig stopte het bloeden. Aisha veegde haar tranen weg.

Een paar minuten later kwam er een auto aanrijden. Het was Ries, die door Roy was gewaarschuwd. Hij stapte uit.

'Wat een rotstreek van die jongen,' zei Ries. 'Kom, ik breng je naar de dokter.'

Hij pakte Aisha op en zette haar voorzichtig voor in de auto.

'Zo, en nu ontspan je je maar wat, dan komt alles weer goed.'

'Ik breng je fiets naar huis,' riep Roy toen Ries de auto startte.

'We komen je morgen opzoeken!' riep Sally, nog net

voor de auto vertrok.

'Heb je een idee wie het was?' vroeg Ries, terwijl ze naar de Eerste Hulp van het ziekenhuis reden.

'Misschien een van de jongens die kwamen kijken.'

'Weet je wat hij aanhad? Zijn kleren?'

'Nee. Het ging allemaal zo vlug.'

'Jammer. Als we wisten wie het was, zouden we hem kunnen aanpakken,' zei Ries.

6. PECH

'Gelukkig is het niet ernstig,' zei de dokter van de Eerste Hulp toen hij Aisha had onderzocht en foto's van haar knie en elleboog had laten maken. 'Die wond aan je elleboog ziet er het ergste uit, maar die geneest het snelste.'

'En mijn knie?' vroeg Aisha.

'Dat is een groter probleem. Daar zie je bijna niets aan, maar die heeft een flinke klap gehad. Hij is gekneusd. Gelukkig niets ernstigs. Maar voorlopig mag je niet lopen.'

'Net nu er binnenkort schoolwedstrijden zijn,' zei Aisha verdrietig.

'Pech,' zei de dokter. 'Een ongeval komt nooit op een goed moment. Maar over een tijdje loop je weer als een haas.'

Aisha's moeder kwam de behandelkamer binnenhollen.

'Wat ben ik geschrokken,' zei ze, terwijl ze haar arm om Aisha's schouder sloeg. 'Roy heeft me verteld wat er is gebeurd. Een jongen die een stok in je wiel heeft gestoken.'

Even moest Aisha haar tranen wegslikken.

'Ik had die jongen niet gezien. Hij stond opeens op het pad.'

'Waarom steekt er iemand een stok in je wiel?' vroeg de dokter verwonderd.

'Dat weet ik ook niet,' zei Aisha. 'Ik ken die jongen

niet eens.'

'Jammer dat er jongens zijn, die zoiets doen,' zei de dokter.

Later die avond lag Aisha op de bank thuis te piekeren. Ze zou graag weten welke jongen haar kwaad wilde doen. Maar ze kon zich niemand voor de geest halen. Ze had met niemand ruzie. Was het zomaar een rotstreek van iemand geweest en had hij toevallig haar gepakt omdat zij net op dat moment langs kwam fietsen? Had het ook iemand anders kunnen zijn dan zij? Of moest hij toch uitgerekend haar hebben? Was het soms een van de jongens geweest die bij de training waren komen kijken?

Ze voelde zich ongelukkig. Waarom gebeurde haar dit? Waarom juist haar? Omdat ze uit Afrika kwam?

Opeens voelde ze een diep heimwee naar haar dorp in Somalië. Naar haar vriendinnen in haar vroegere dorp. Alles van toen stond haar opeens weer helder voor de geest. Hoe ze altijd op het dorpsplein speelde. Hoe ze water ging halen voor haar moeder. Hoe ze elke dag even bij haar oma op bezoek ging. Die had ze al die jaren niet meer gezien. Wat zou ze nu graag bij haar zijn, net als vroeger als ze ziek was. En gewoon bij haar op schoot zitten en naar haar verhaaltjes luisteren.

'Mam, wanneer gaan we terug naar Somalië?' vroeg ze opeens.

'Wij?' vroeg moeder verbaasd. 'Misschien wel nooit meer. Zeker niet zolang de oorlog daar niet is afgelo-

pen. Jij hebt het hier toch naar je zin?'
'Niet als ze zo rot tegen me doen.'
'Je hebt zo veel vriendinnen.'
'Dat is waar. Maar ik wil oma zien.'
'Ik ook,' zei moeder. 'Het is die rotoorlog. Die haalt de mensen uit elkaar.'
'En als de oorlog is afgelopen? Gaan we dan terug?'
'Misschien wel, misschien niet. Misschien duurt het nog tien jaar.'
'Maar dan? Gaan we dan terug?'
'Dan ben je groot. Denk je dat je daar dan nog kunt wennen?'
'Ik weet het niet.'
Opeens moest ze een beetje huilen, over haar grootmoeder die ze misschien nooit meer zou zien. Over de tien jaar die ze misschien nog moest wachten. Wat een rotwereld. Wat een rotschoolwedstrijden. Dachten ze in Nederland veilig te zijn, maar dan stak er iemand een stok tussen de spaken van haar fiets!
Ze ging op haar buik liggen en verborg haar hoofd in haar armen. Ze wilde niets meer zien en niets meer horen.

De volgende dag was het zaterdag en was ze vrij van school. Op bed liggend las ze wat. Ze las altijd zo veel mogelijk, om de taal beter te leren beheersen.
Nu las ze *Kruistocht in spijkerbroek* van Thea Beckman*. Een spannend boek, maar ook moeilijk.
Sommige dingen waren wel raar. Heel anders dan ze

*Uitgeverij Lemniscaat (1973)

35

ze zelf geleerd had. Het was al het derde boek dat ze las over de kruistochten en de strijd tussen de christenen en de moslims om de heilige stad Jeruzalem. In Somalië had ze alles heel anders gehoord. Daar had ze geleerd dat de Arabische hoofdman Saladin een held was die de moslims had bevrijd van de moorddadige christenen. Die hadden Jeruzalem op de moslims veroverd en uit de stad verdreven. En ze hadden er duizenden mensen vermoord. Op zijn beurt had Saladin de christenen uit de heilige stad verdreven. Maar in de Nederlandse boeken las ze dat Saladin een rover en een moordenaar was, een duivel die de christenen wilde uitroeien. Wat was nu echt waar?

7. Een droom

In de nacht die volgde, droomde Aisha dat ze op een erepodium stond op een groot plein. Het was vol mensen en iedereen klapte voor haar. Toen ze zegevierend haar armen opstak en de bloemen in ontvangst wilde nemen, stortte het vloertje van het podium onder haar in. En toen viel ze diep, diep, diep. Er kwam geen einde aan het vallen. Ze viel dwars door de wereld heen. Dwars door een gloeiende hel. Aan de andere kant van de wereld kwam ze weer tevoorschijn. Opeens lag ze in het zand van een woestijn. Ze keek om zich heen. Ver weg zag ze de daken van haar dorp. Een paar verwilderde kamelen renden op haar af. Ze begon te rennen, rennen, rennen. De kamelen zaten achter haar aan en haalden haar in. Ze openden hun grote muilen.

'Help, help!' riep ze. Opeens keek ze in de volle zon.

'Wat is er met je?' vroeg haar moeder. 'Je ligt te schreeuwen.'

De zon bleek de lamp boven haar bed te zijn. Gelukkig, haar nare droom was afgekapt.

'Ik heb het heet. Wilde kamelen zaten achter me aan, in de woestijn.'

'Je zweet. Je hebt koorts.' Moeder veegde het zweet van haar hoofd. 'Misschien komt het van die wond aan je arm.'

'Dat geloof ik niet, zo'n kleine wond.'

'Dan komt het misschien doordat je je zo boos hebt

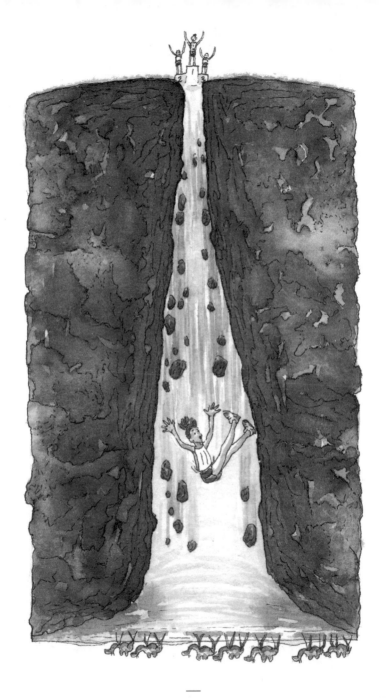

gemaakt.'

Aisha kwam uit bed en koelde haar hoofd bij de wastafel.

'Je hebt gelijk,' zei ze. 'Die nare droom heeft zeker met het ongeluk te maken. Het begon ermee dat ik op het erepodium stond. Net voordat ik de bloemen kreeg, stortte het podium in. En toen viel ik dwars door de aarde heen. En door de hel. En toen zag ik ons oude dorp.'

'Zie je,' zei moeder, 'je stond in het echt al op het voetstuk, als winnaar. En nu je kansloos bent, ga je door de hel. Dromen hebben veel met de werkelijkheid te maken.'

'Wel gek dat dingen die echt gebeurd zijn zo anders terug kunnen komen in een droom,' zei Aisha. 'Maar wat betekenen die kamelen dan? Ik viel dwars door de aarde en kwam terecht in de buurt van ons dorp, maar ik kon het niet bereiken.'

'Ook dat is juist,' zei moeder. 'Je denkt vaak aan hoe het vroeger was, zeker als je je niet prettig voelt. Dan wil je terug, maar dat kan alleen in een droom. Maar in je droom bereik je het dorp niet, al is het heel dichtbij, omdat het in het echt ook niet kan.'

'Waarom doen die kamelen dan zo vijandig?'

'Misschien beelden die de oorlog uit. Door die oorlog zijn we hier en door die oorlog kunnen we niet terug.'

'Ja, zo moet die droom wel zijn ontstaan.'

'Ga je weer slapen?'

'Ik ga eerst wat lezen, om die nachtmerrie goed kwijt te raken.'

Ze pakte haar boek, om haar hoofd in andere sferen te krijgen.

Door het boek begon ze zich weer kwaad te maken. Ze wilde nu helemaal niet over oorlog lezen! Die kruistochten waren één grote veldslag geweest. Gelukkig had ze nog een ander boek geleend. Het ging over paarden. Een meisje dat naar een wedstrijd ging.

Idioot, daar had je weer zoiets! Alles in de wereld had met wedstrijden te maken. Met winnen en verliezen. Waarom moest iedereen ergens het beste in zijn? Ze wilde niets meer. Ze wilde gewoon zijn en nooit meer opvallen. Ze wilde nooit meer op een voetstuk staan, en dan zo diep vallen. Stom, daar had die nachtmerrie haar toch weer te pakken.

Ze pakte een boek over sterren, omdat ze nu wat anders dan een verhaal wilde lezen. Gewoon plaatjes kijken. Plaatjes van de hemel. Dat bracht haar hoofd tot rust.

Terwijl ze lag te lezen, luisterde ze naar de nacht. Gek, het was stil en toch hoorde ze heel veel dingen. Een druppelende kraan. Auto's ver weg. Getrippel in de goot. Een tak die soms langs het raam veegde. Gepiep van muizen of vogels. Een kraan die open-ging, ergens in huis. Was moeder nog op? Al die kleine geluiden waren er blijkbaar alleen maar om te onderstrepen hoe stil het was. Het maakte haar weer rustig. Eindelijk durfde ze weer te gaan slapen.

Diezelfde nacht droomde ze over haar grootmoeder. Dat ze samen aan het koken waren. In de pannen op het houtvuurtje kookten bonen en vlees. Grootmoeder zat te vertellen. Maar het gekke was dat Aisha wel de woorden hoorde, maar dat die direct in haar hoofd leken te verdampen, waardoor ze geen touw aan het verhaal kon vastknopen. Maar het was mooi om naar grootmoeder te luisteren.

8. BEZOEK

Op maandagochtend voelde ze zich niet goed. Ze was ook te beroerd om uit bed te komen. Haar hoofd leek een kokende pan. Haar oren klopten. Nu had ze echt koorts. Ze moest thuisblijven. Moeder belde naar school om haar ziek te melden.

Maar leuk vond Aisha het niet. Ze bleef niet graag van school weg. Ze wilde geen dag zomaar missen. Met leren ging het redelijk goed, maar het kon veel beter, dat wist ze van zichzelf. Ze had nog steeds extra lessen in taal nodig. Met rekenen was ze gelukkig een van de besten. En met sport was ze ook heel goed, dat had ze bewezen. Maar van sommige vakken maakte ze niet veel. Topografie. Dat had ze nooit eerder gehad. En geschiedenis. Dat had ze wel gehad, ze wist veel over de geschiedenis van Somalië en van de rest van Afrika, maar dat telde hier veel minder mee. Het was een vak waarin ze bijna helemaal van voren af aan had moeten beginnen. Hier moest ze alles van Nederland en van Europa weten. En dat was totaal anders. In Nederland was de geschiedenis vanuit een christelijke achtergrond geschreven. In Somalië had alles betekenis vanuit de kijk van de islam op de wereld.

Toen de gordijnen opengingen, zakte ook de koorts een beetje. Het licht deed wonderen.

Aisha bleef de hele ochtend in bed liggen en luisterde naar muziek. Cassettebandjes met Somalische volksmuziek, die haar oma had opgestuurd. Met haar ogen dicht luisterend leek het alsof ze weer thuis was in het dorp. Het werd nog echter toen ze beneden in huis een groepje vrouwen in het Somalisch hoorde praten en lachen. Ze herkende de stemmen van een paar vrouwen die ook hier in de stad woonden. Het waren vriendinnen van haar moeder geworden. Gemakshalve noemde Aisha hen tantes, ook al waren ze helemaal geen familie van elkaar. Ze kwamen niet eens uit dezelfde streek. Als ze allemaal in Somalië waren gebleven, hadden ze elkaar waarschijnlijk nooit gekend. Vooral omdat ze van andere stammen waren, die daar nog weleens vijandelijk tegen elkaar optraden. En nu waren ze hartsvriendinnen en deelden ze eenzelfde lot. Zo was hun vlucht uit hun land toch nog ergens goed voor geweest. Dat stemde Aisha toch weer een stuk vrolijker. Want ze was ook heel blij met haar nieuwe vriendinnen op school. Lisa en Sally, ze zou ze nu niet meer kunnen missen.

De vriendinnen van moeder hadden hun kinderen bij zich. Zefa en Saida, de tweelingdochtertjes van tante Noor, die drie jaar oud waren. En Sadda, het zoontje van tante Usha.

De kinderen zochten haar op in haar kamer. Hun vrolijke stemmen monterden haar direct op. Ze zagen er beeldig uit in hun bruidsachtige jurkjes met ruches en kant. Net als Sadda trouwens, in zijn mini-grotemensenpak. En haar broertje Hieham in zijn koddige spijkerbroek. Ze kropen onder de dekens en maakten er een tent van.

En toen wilden de meisjes moedertje spelen. Het kwam goed uit dat Sadda en Hieham er als poppen uitzagen.

's Middags, toen de tantes en hun kinderen weer weg waren, zocht ze op internet naar Somalische trefwoorden. Ze vond een Somalische krant en las, tot haar droefenis, vooral berichten over de nog steeds voortdurende oorlog. Rivaliserende groepen hadden elkaar weer eens beschoten. Opnieuw waren er doden. In de vele jaren durende oorlog waren er al meer dan een miljoen slachtoffers gevallen.

Na een uur ging ze, een beetje licht in haar hoofd door het scherm, even slapen.

Ze werd wakker toen Sally en Lisa haar kwamen opzoeken.

'Hoe gaat het?' vroeg Sally. 'Ben je écht ziek of ben je alleen een dagje schoolziek?'

'Ach, wat koorts,' zei Aisha. 'Het komt door dat ongeluk. Een paar dagen ziek, dat moet kunnen.'

'Natuurlijk kan dat,' zei Sally. 'Ik ben elke paar maanden een paar dagen schoolziek. Als ik dan toch naar school zou gaan, zou ik pas écht ziek zijn. Dan is het beter thuis gezond in bed te liggen dan ziek op school te zijn.'

'Een redenering die ik niet helemaal kan volgen,' zei Lisa. 'Maar ik zal het ook eens proberen.'

Door het opgewekte gesprek met haar vriendinnen voelde Aisha zich een stuk beter.

Ze liet hen de Somalische muziek horen. En ze bladerden door het fotoalbum van vroeger thuis. Op de foto's zagen ze vooral vrolijke mensen, in mooie dorpen. En kinderen op school.

'Onvoorstelbaar dat er daar al zo lang oorlog is,' zei Lisa wat verwonderd.

'Ik snap het ook niet,' zei Aisha. 'Ik vind het vooral erg dat er een aantal van de mensen op de foto's door de oorlog zijn omgekomen. Die oorlog rukt hele families uit elkaar.'

'Erg,' zei Lisa.

'Heel erg,' zei Aisha. 'Ik heb mijn grootmoeder al vijf jaar niet meer gezien. Door die rotoorlog.'

'Je houdt veel van je grootmoeder, hè,' zei Sally.

'Heel veel,' zei Aisha. En toen vertelde ze aan haar vriendinnen alles wat ze nog over haar grootmoeder wist.

9. HINKEPOOT

Op dinsdag lummelde Aisha maar wat rond in huis. Koorts had ze niet meer, ze was alleen nog een beetje slap. Bij het lopen gebruikte ze een stok. Ze werd flink verwend door haar moeder. Het was wel lekker om eens een paar dagen ontzien te worden en helemaal niets te hoeven doen. Niet opruimen, niet afwassen en alleen maar met Yasmin en Hieham spelen. Ze voelde zich net zo klein als Yasmin. Grote Yusuf was de klos. Hij moest moeder steeds helpen met afwassen en opruimen. Zijn gezicht stond op onweer.

'Thuis in Somalië doen jongens niets in huis,' zei hij wel zes keer. 'Opruimen is meisjeswerk.'

'Je hebt gelijk,' zei moeder. 'In Somalië zorgen de meisjes voor het huishouden. Maar hier is het anders. Hier doen we alles samen. Daarom moet jij ook leren in huis je handen uit de mouwen te steken.'

'Als ik groot ben, ga ik terug naar Somalië,' zei Yusuf. 'Ik vind jongens die in het huishouden helpen maar papzakken.'

'Wat jij ervan denkt, kan me niet schelen,' zei moeder. 'Als je er maar voor zorgt dat er geen vlekje op de kopjes en borden te vinden is. O ja, je kunt ook alvast de tafel dekken.'

Na het eten, op haar kamertje, had Aisha opeens zin om een brief aan haar grootmoeder te schrijven. Misschien kwam het doordat ze haar vriendinnen gisteren alles over haar grootmoeder had verteld. Nu wilde ze haar grootmoeder alles over haar vriendinnen vertellen. In één ruk schreef ze alles op. Het werd een brief van een paar kantjes. Het luchtte haar lekker op. Jammer dat ze de brief niet als e-mail kon verzenden. In grootmoeders dorp waren nog geen computers. Maar iemand van de kennissen had wel een fax. Ze zou haar vader vragen om de brief vanaf zijn werk te faxen.

De volgende morgen voelde Aisha zich zo goed dat ze weer naar school kon. Alleen, hoe kwam ze op school? Lopen kon ze nog niet.

Haar vader bracht haar. Ze trok bekijks, want kinderen van haar leeftijd werden niet meer door hun ouders naar school gebracht. Ze vond het een beetje beschamend, maar iedereen kon het verband om haar knie toch zien?

'Haal je me vanavond ook op?' vroeg Aisha.

'Oei, ik ben pas om vijf uur klaar op mijn werk,' zei vader.

'Ik breng haar wel thuis,' beloofde meester Jip.

'Vergeet je niet mijn brief te faxen?'

'Ik doe het direct,' beloofde vader.

Steunend op de stok, om haar gekneusde knie te sparen, hinkte ze naar de klas.

'Nu moet je me toch eens precies vertellen wat er is gebeurd,' zei meester Jip.

Aisha vertelde het hele verhaal, van hoe die jongens haar nafloten, hoe ze het terrein op kwamen om hen wat te pesten en hoe er plotseling, toen ze naar huis fietste, een jongen uit de struiken kwam en een stok tussen de spaken van haar fiets stak.

'Hoe kan iemand nou zoiets doen,' zei meester Jip boos.

'Ik begrijp het wel,' zei Roy opeens. 'Die jongen van De Zonnewende wil gewoon niet dat ze wint. Nu hij Aisha bij de training heeft zien lopen, is hij bang dat zijn zus van haar verliest.'

'Geloof je dat echt?' vroeg Aisha.

'Ja, dat geloof ik echt,' zei Roy. 'Je hebt mensen die een ander niets gunnen.'

'Hij deed wel heel vervelend,' zei Sally. 'En die andere jongens waren ook lastig. Het was net of ze op iets uit waren.'

'Ze waren gewoon aan het spioneren,' zei Roy. 'Toen ze in de gaten kregen dat jij zo goed was, hebben ze een plan bedacht om je uit te schakelen.'

'Als dat waar is, is het wel heel erg min,' zei meester Jip. 'Misschien moet ik eens contact opnemen met die school. Als ze zo de concurrentie uitschakelen, horen ze niet te winnen.'

'Laat maar,' zei Aisha. 'Het is toch te laat. Bij de wedstrijden kan ik niet meelopen.'

'Het is jammer voor onze school,' zei meester Jip. 'Met jou erbij hadden we zeker een gouden plak gehad.'

Toevallig hadden ze die ochtend bezoek van een

imam* van de moskee. Elke maand kwam er in de les wereldoriëntatie iemand vertellen over godsdienst, om de kinderen meer kennis bij te brengen over hun culturele verschillen. Er zaten kinderen uit de hele wereld op de school, die niet voor niets De Regenboog heette. Het was goed dat ze wat meer van elkaars afkomst begrepen.

De imam vertelde over de islam, het geloof van veel kinderen die uit Azië en Afrika afkomstig waren. Het was ook de godsdienst van Aisha. In Somalië waren de meeste mensen islamitisch.

Het werd een gesprek over de verschillen tussen de islam en de andere godsdiensten, maar ook over de verschillende richtingen in de islam. En ook over het dragen van hoofddoekjes, zoals veel islamitische meisjes deden, omdat het in hun cultuur een gewoonte was. Ook Fatima, die bij hen in de klas zat, droeg zo'n hoofddoekje, ook al was ze in Nederland geboren. Haar ouders kwamen uit Marokko. En die wilden dat zo.

Voor Aisha was de les van de imam heel plezierig. Nu begrepen de anderen in haar klas veel meer over haar en over hoe zij en haar ouders dachten.

*islamitische geestelijke

10. DE OPDRACHT

Toen de groep naar gymnastiek ging, bleef Aisha in de klas achter. Ze pakte een boek om een uurtje te lezen.

Ook Jennifer zat er nog. Ze bleef altijd in de klas, omdat ze nooit aan sport kon meedoen. Haar benen waren verlamd door een ziekte die ze als klein kind had gehad. Ze leek wat teruggetrokken, maar dat kwam vooral doordat ze niet aan alles kon meedoen. Ze kon heel goed tekenen. Haar tekeningen sierden alles waarmee de klas voor de dag moest komen. Ze leek wel een volleerde illustrator.

'Wat gemeen van die jongen,' verbrak Jennifer de stilte. 'Wat doe je, laat je het op zijn beloop of neem je wraak?'

Aisha keek verbaasd op. 'Hoe bedoel je, wraak?'

'Je hoeft dat toch niet te pikken!'

'Moet ik hem dan in elkaar slaan of zo?'

'Het is toch zíjn schuld dat jij hier zit, zodat je niet mee kunt sporten. Als iemand er schuld aan had dat ík niet mee kon sporten, zou ik me op hem wreken.'

Opeens begreep Aisha hoe Jennifer eronder leed dat ze niet kon lopen en van veel dingen uitgesloten was.

'Vind je het erg dat je in een rolstoel zit?'

'Heel erg. Ik kan niets waar je lekker moe van wordt, net als jullie. Ik kan niet dansen, niet klimmen, niet springen, niets. Ik vind het vreselijk, elke keer dat ik hier alleen in de klas moet achterblijven.'

'Maar jij bent heel goed in tekenen. Dat geeft je toch ook wel voldoening?'

'Dat wel, maar het is ook het enige wat ik goed kan.'

Aisha had met haar te doen, maar ze wist niet hoe ze het lot van Jennifer zou kunnen verzachten.

'Ik ben blij dat jij er nu bent,' zei Jennifer. 'Nu ben ik niet zo alleen. Ik heb er een hekel aan om elke keer helemaal alleen in de klas te zitten.'

'Dan is mijn blessure toch nog ergens goed voor,' lachte Aisha.

'Nu je toch een tijdje gedwongen stilzit, heb je ook tijd om een spreekbeurt voor te bereiden,' zei de meester, terwijl hij Aisha achter op de fiets naar huis bracht. Binnenkort ben jij aan de beurt.'

'O help. Ik weet niets.'

'Ik denk juist dat jij heel wat te vertellen hebt. Over jouw dorp in Somalië bijvoorbeeld. En over hoe je naar Nederland bent gekomen.'

'Ja, dat zou ik moeten kunnen,' zei Aisha. 'Ik zal er-over nadenken.'

'Schrijf je ideeën maar vast op, dan kunnen we er eerst nog over praten,' zei meester Jip.

'Als u tijd hebt, kunnen we misschien nog even naar onze foto's van vroeger kijken,' zei Aisha toen ze voor de deur stonden.

'Dat kan,' zei de meester.

'Kom binnen,' zei Aisha.

Hieham kwam aanlopen, op en neer rennend als een nieuwsgierig hondje. Terwijl ze naar de kamer liepen,

—

51

dribbelde hij hen achterna.

'Dat is mijn broertje,' zei Aisha.

'Nou, die loopt al als een haas,' zei de meester. 'Dat belooft wat voor de toekomst van onze school.'

Yusuf zat aan tafel huiswerk te maken. Yasmin was net thuisgebracht door de juf van haar klas. Nu ze niet met Aisha kon meerijden, mocht ze met de juf mee.

Bij een kop thee lieten Aisha en haar moeder de foto's zien die ze van vroeger hadden. Van het uitbundige trouwfeest van Aisha's vader en moeder. Van haar eigen geboortefeest. Haar eerste stappen, in een roze jurkje waarin ze eruitzag als een prinses. Aisha bij haar grootmoeder op schoot. Aisha met de kleuterklas. De groepsfoto's van haar op school, op het zanderige plein voor het schoolgebouw. En boven in een palmboom, samen met Yusuf.

'Ik zie wel dat jij meer dan genoeg materiaal hebt voor een spreekbeurt over Somalië,' zei de meester.

'Mijn meester vroeg ook of ik een spreekbeurt over Somalië wilde houden,' zei Yusuf. 'Maar ik heb daar geen zin in. Misschien later een keer. Maar ik wil nu helemaal niet over Somalië nadenken.'

'Waar ga jij het dan wél over hebben?'

'Gewoon over de voetbalclub,' zei Yusuf. 'Voetballen interesseert me het meest. Dus daarom kan ik het daar het beste over hebben.'

11. Ruzie

Een paar dagen later zat Aisha na schooltijd op haar vader te wachten. Hij had beloofd een uur eerder van het werk te vertrekken. Meester Jip kon niet weg, want die had een vergadering met de andere leerkrachten. Ze zaten op het stoepje van school na te praten, het hele groepje dat bij de training was geweest.

'Kijk eens wie daar aankomen!' zei Roy opeens.

Aisha zag dat de jongens van De Zonnewende, die ze op het trainingsveld hadden gezien, aan kwamen slenteren. Ze deden wel wat uitdagend, maar voor hun veiligheid bleven ze toch aan de andere kant van de straat.

'Die komen nog eens extra genieten van de ellende die ze hebben aangericht,' zei Sally.

'Nu wil ik er meer van weten ook,' zei Roy. 'Die met dat stekelhaar, dat moet hem zijn.'

'Die de stok tussen mijn spaken stak?' vroeg Aisha.

'Hij heet Mark. Hij heeft een zus die hardloopt.' Met de handen gebald in zijn broekzakken liep Roy naar de overkant van de straat.

'Kom terug,' riep Aisha. 'Dadelijk pakken ze jou!'

'Ik sla twee keer zo hard,' zei Roy flink. Hij liep recht op de jongens af.

'Wat moet je?' vroeg de jongen van wie Roy dacht dat hij de schuldige was.

'Dat weet je zelf wel,' zei Roy.

'Ik weet niet waar je het over hebt.'

'Dan moet je toch maar eens goed nadenken,' zei Roy.

'Wat er met die meid is gebeurd, daar hebben wij niets mee te maken,' zei Mark.

'Ik kijk wel op van wat je zegt,' zei Roy. 'Jij weet nu al waarover ik het met jou wil hebben. Hoe weet je dat ik daar juist naar wilde vragen?'

Mark stond met zijn mond vol tanden. Hij had zichzelf verraden.

'Nou en,' zei een van zijn vriendjes. 'Zolang jij niet kunt bewijzen dat Mark het gedaan heeft, hebben we met jou niets te maken.'

'Maar laf is het wel,' zei Roy. 'Als je iemand van onze school had willen pakken, had je mij moeten nemen, maar daar hebben jullie het lef niet voor.'

'Als je een klap wilt hebben, die kun je zo krijgen,' zei Mark. 'Kom maar op.' Dreigend kwam hij op Roy af. Maar het hele groepje rond Aisha kwam Roy te hulp. Ze renden naar de jongens van De Zonnewende toe. Opeens was de overmacht te groot. De jongens gingen er als hazen vandoor.

'Wat een schijterds,' zei Roy minachtend. 'Als ze écht kunnen laten zien wat ze waard zijn, doen ze het in hun broek.'

'Maar die Mark kan wel hard lopen,' lachte Sally. 'Hij heeft het talent van zijn zus. Als hij op de sportdag ook meedoet, wint hij nog van jou.'

'Welnee,' zei Roy. 'Ik win. Maar ik vind het wel leuk dat ik hem nu zo hard zie lopen, al weet ik dat het alleen maar komt van de schrik.'

'Jammer dat je hem niet op zijn kop hebt geslagen,' zei Sally.

'Dat had niet geholpen,' zei Aisha. 'Daar geneest mijn knie niet vlugger van.'

'Dat klopt,' zei meester Jip die naar buiten kwam en nog net had gezien wat er was gebeurd. 'Met terugslaan doe je jezelf ook pijn.'

Thuis probeerde Aisha een beetje orde in de foto's te brengen. Ze rangschikte ze, vanaf haar vroegste jeugd, tot aan haar vertrek uit Somalië. Van het laatste jaar in haar dorp waren er maar een paar foto's. Bij het bekijken daarvan viel haar wel op dat aan alle huizen schade was. Kogelgaten, afgebrande daken. Ook het schoolgebouw dat er op de eerdere foto's nog goed bij stond, zag er op de laatste klassenfoto aangevreten uit. Een deel van een muur was weggeschoten. De planten en struiken die op de vorige foto's vrolijk bloeiden, waren verdwenen of verdord. Kon ze deze hopeloze foto's wel laten zien bij haar spreekbeurt?

Met haar moeder praatte ze over de mensen op de foto's. Het viel op dat moeder wel heel vaak zei dat die of die persoon verdwenen was. De een was doodgeschoten, een ander was vermist.

'Kijk, die is ook gevlucht, net als wij,' zei moeder wijzend op een vrolijk lachende jongen. 'Dit is een zoon van je oom Zora. Hij is naar Kenia ontsnapt. Een andere zoon van Zora was soldaat, maar niemand weet waar hij gebleven is. Vermoedelijk is hij door rebellen gedood en ergens in de woestijn begraven.

En die daar, dat is mijn broer Zarowal. Die is 's ochtends naar het land gegaan en nooit meer thuisgekomen. Niemand weet wat er met hem is gebeurd. Of hij gewoon is weggegaan of vermoord is. Hij is opgelost in het niets.'

Aan de hand van de foto's vertelde moeder het ene na het andere verhaal over haar familieleden. Aisha hoorde dingen die ze niet eerder had gehoord. Verhalen over vreugde en verdriet, over trouwfeesten en begrafenissen. De foto's riepen het hele leven van vele mensen op in moeders hoofd.

Die avond keek ze naar atletiekwedstrijden op de televisie. Het viel haar ook op dat bij de kampioenschappen zo veel meisjes uit Afrika vooropliepen. Vooral meisjes uit Kenia en Ethiopië. Meisjes zoals zij. Met net zulke lange benen. Dat deed haar deugd. Als die meiden kampioen konden worden, dan kon zij dat ook. Ze voelde zich een beetje familie van die meisjes.

12. Een lange week

Aisha's arm genas voorspoedig. Maar met haar been ging het langzamer. De kneuzing werd blauw en later verkleurde hij naar geel. Er bleef een zeurende pijn in haar knie hangen.

Een beetje droevig zag Aisha hoe de kinderen op school een paar maal per week trainden voor de wedstrijden. Jammer dat ze niet mee kon doen. In plaats van mee te trainen, bleef ze nog steeds achter in de klas en las. Met lezen ging de tijd vlug om. Ze las alles wat ze in handen kreeg, van alles door elkaar. Steeds meer greep ze naar boeken met verhalen waarin ze weg kon dromen. Weg uit de realiteit. Op zoek naar droomwerelden, die ze voor zichzelf scheppen kon. Elk boek vulde ze in met haar eigen fantasieën. Zo kon ze zichzelf de sprookjeslevens toe-eigenen waarover ze las. De ene keer was ze een geliefde prinses. De andere keer het circuskind dat alles kon en naar wie de mensen ademloos keken als ze door de piste zweefde. Dan weer was ze een kind dat alles en iedereen gelukkig wist te maken. En natuurlijk was ze ook de winnares bij alles wat met sport te winnen viel. Jennifer zat altijd te tekenen. De wonderlijkste tekeningen van paradijselijke vogels, tuinen van ijs en sprookjespaleizen hingen aan de muren van het klaslokaal.

Nu ze vaak met z'n tweeën samen waren, raakten ze met elkaar vertrouwd. Ze praatten veel over de boeken die ze lazen en de hoofdpersonen die ze zelf wilden zijn. En zo praatten ze ook steeds meer over zichzelf. Er hing een fijne stemming in de klas, als ze er met z'n tweeën waren.

Langzaam maar zeker kreeg Aisha een band met Jennifer, maar heel anders dan met haar andere vriendinnen. Het was een band die vooral bestond uit hun gezamenlijke liefde voor boeken en de dromerijen die eruit voortkwamen. Dromen over de toekomst. Dromen over wie ze zouden willen zijn. Gek, nadat Jennifer ooit een keer over haar kwaal had verteld, en toegegeven had dat het haar groot verdriet deed dat ze niet kon lopen, had ze het er nooit meer over. Net of ze het hele probleem van zich af had gezet. Ze vertelde dat ze had besloten om te leren leven met haar beperking. Ze wilde niet meer dromen over dingen die ze toch niet kon. Ze wilde niet meer denken aan bergbeklimmen of sportwedstrijden. Ze legde al haar verlangens in haar talent. In prachtige kleuren tekende ze de wereld waarin ze wilde leven. Lucht en licht, heldere hemels, stille bossen, de wereld van de vogels. Haar getekende werelden waren echte sprookjes.

Aisha had bewondering voor haar. Jennifer had gelijk. Het had geen zin te dromen over dingen die toch nooit zouden gebeuren. Je moest niet wanhopen over wat je niet kon, maar je moest blij zijn met dat wat je wél kon. Was ze soms verdrietig omdat ze niet terug kon naar Somalië, ze moest er juist blij mee zijn dat ze hier was, dat ze hier naar school kon gaan en dat ze hier vriendinnen had. Kon ze maar net zo goed tekenen als Jennifer. Daar beleefde de hele klas plezier aan. Maar zelf was ze toch ook heel goed in iets!

Opeens begreep ze ook het voorrecht om te kunnen lopen. Het talent van het lopen. Het talent dat ze van haar moeder had. Lopen om jezelf te zijn. Zoals Jennifer het tekenen had om zichzelf te zijn. Ze zou een beetje zoals Jennifer moeten zijn. Jennifer, die haar beperkingen had geaccepteerd en de dingen die ze wel goed kon tot het uiterste uitbuitte. Maar was ze wel zo moedig als Jennifer? En hoelang had Jennifer erover gedaan om vrede te hebben met haar verlamde benen?

Ze nam zich voor om meer met Jennifer om te gaan. Maar op de een of andere manier kwam het er buiten de stille uren in de klas bijna nooit van. Als iedereen er weer was, vergat ze Jennifer. De anderen waren zo druk dat Jennifer gewoon in de lucht leek te zijn opgelost. Ze was zo stil aanwezig dat ze er soms gewoon helemaal niet leek te zijn.

Door het werken aan de spreekbeurt over haar dorp, kwam Aisha weer volledig in de ban van haar thuis in Somalië. Doordat ze zo veel vragen aan haar ouders had, werd er thuis over niets anders meer gesproken dan over toen ze nog in Somalië woonden. Net als in de eerste maanden dat ze in Nederland waren. Toen hadden ze nog allemaal zo veel heimwee dat ze aan niets anders dan aan het verlaten thuis konden denken. Na een paar maanden, toen ze het leven hier opgepakt hadden, was dat overgegaan.

Maar op sommige vragen wisten ook haar ouders het antwoord niet. Over de gewoonten en gebruiken had ze beter bij haar grootmoeder terechtgekund, als dat mogelijk was geweest. Haar grootmoeder die haar altijd zo veel had verteld over hoe de mensen van haar volk vroeger hadden geleefd. En over de tijd toen zij zelf nog een klein meisje was en in tenten woonde. Hoe ze met haar familie met kameelkaravanen door Somalië en omliggende landen als Kenia en Ethiopië was getrokken, om te handelen en spullen te ruilen. Haar grootmoeder kon altijd zo mooi vertellen over de avonturen die ze op die verre, soms jaren durende tochten had beleefd. Jammer dat haar grootmoeder, die alles wist, niet hier maar in Somalië zat!

Gelukkig wisten haar vader en moeder ook veel over vroeger. Maar hún vroeger was niet het vroeger van grootmoeder. Zij hadden de karavanen niet meer meegemaakt. Zij kenden de ontberingen van de woestijn ook alleen maar van horen zeggen. De tijd van grootmoeder was allang voorbij.

Sally en Lisa kwamen op bezoek. Samen met hen bekeek ze de foto's. Vooral de foto's van grootmoeder met de donkerbruine hennatekeningen op haar handen vielen de meisjes op.

'Het lijken wel tatoeages,' zei Lisa.

'Inderdaad,' zei Aisha's moeder, 'maar je kunt ze wel afwassen.' Ze legde uit wat die versieringen te betekenen hadden. De krullen betekenden geboorten. Aan het aantal krullen dat de vrouwen op hun handen tekenden, kon je zien hoeveel kinderen ze hadden. Kinderen waren hun trots.

Als voorbeeld maakte moeder met waterverf een paar tekeningen op haar handen.

'Ik vind het mooi,' zei Sally. En toen deden ze de rest van de middag niets anders meer dan op elkaars handen tekenen, naar de patronen die moeder eerst op een vel papier tekende.

'Je tekent wel veel krullen op mijn handen,' zei Lisa plotseling tegen Aisha. 'Als ik goed tel, heb ik nu al twaalf kinderen.'

13. BRIEVEN

Gelukkig dat Aisha thuis haar broertje Hieham en haar zusje Yasmin had. Die zorgden voor verstrooiing in de uren dat ze zich zat te ergeren over het feit dat ze nergens naartoe kon. Maar omdat ze toch thuis was, kon ze ook op hen passen en had haar moeder de gelegenheid om er af en toe eens alleen opuit te gaan.

Terwijl Hieham in de box zat te spelen, schreef Aisha opnieuw een brief aan haar grootmoeder. Ze ging haar alles vragen waar haar ouders het antwoord niet op wisten! Ze schreef in het Somali, de taal die ze vroeger thuis altijd spraken. Gek, sommige woorden kende ze nog goed, maar ze wist niet meer precies hoe ze ze moest opschrijven. Door het leren van het Nederlands kwam ze een beetje met de spelling van het Somali in de war. Moeder moest er straks maar naar kijken.

'Lieve oma,' schreef ze. 'Ik mis u erg en ik kijk uit naar de dag dat ik u weer zie.'

Ze zat een tijdje te dubben. Moest ze nu schrijven dat ze het liefst terugging naar Somalië? Ze twijfelde een beetje. Soms wist ze zeker dat ze terug wilde, maar nu haar woede weer bekoeld was, twijfelde ze aan zichzelf. Ze wilde haar nieuwe vriendinnen ook niet meer achterlaten.

Door aan hen te denken, moest ze juist heel erg aan haar vroegere vriendinnen denken. En daarom schreef ze, nadat de brief voor haar grootmoeder klaar was, een lange brief naar haar vriendinnen, waarin ze alles opschreef wat in haar gedachten kwam. Ze stortte haar hart echt uit. En juist omdat ze in de brief zo open kon zijn, besefte ze dat het nog steeds haar echte vriendinnen waren. In haar hart waren ze nog steeds bij haar.

Alles wat mis was gegaan sinds ze in Nederland was gearriveerd, schreef ze op. De eenzaamheid van de eerste maanden. De angst om naar school te gaan. De winter die zo lang had geduurd. IJs en sneeuw. De eerste keer dat ze zonder handschoenen door de vrieskou had gelopen en haar vingers bijna bevroren waren. En de jaren die ze in het asielzoekerscentrum hadden gezeten, wachtend op toestemming om in dit nieuwe land te mogen blijven. Gelukkig hadden ze mogen blijven, omdat het voor vader in Somalië te gevaarlijk was. Hij moest er voor zijn leven vrezen, omdat hij in de krant waarvoor hij had gewerkt, de waarheid over zo'n bendeleider, die altijd oorlog maakte, had geschreven. Iemand die veel macht had.

Het werd een brief van wel tien kantjes. Toen hij klaar was, voelde ze zich opgelucht. Al haar grieven waren eruit.

Maar toen zat ze weer met een andere vraag. Kon ze zo'n brief wel naar haar vriendinnen in Somalië sturen? Ze zouden zich dood schrikken. Ze zouden denken dat ze alleen maar ongelukkig was in Nederland. En dat klopte ook niet.

Ze besloot de brief de brief te laten. Ze kon hem zo

niet wegsturen, dat zou alleen maar veel onrust ver-
oorzaken, maar wel had het schrijven háár hoofd
bevrijd. Alles had ze eruit gegooid. Haar hoofd was
weer lekker leeg.

Ze besloot een nieuwe brief aan haar vriendinnen te
schrijven. Nu de spokerijen uit haar hoofd waren verdwenen, was ze in staat een opgewekte brief te schrijven. Juist de leuke dingen die ze in het nieuwe land
meemaakte, kwamen nu aan bod. Ze vertelde dat het
goed ging op school, en dat ze veel vrienden en vriendinnen had en dat iedereen haar hielp. En dat ze bij de
atletiekclub was gegaan. Maar ze verzweeg het ongeluk met de fiets. Alles waar ze zich in Somalië
bezorgd over zouden kunnen maken, liet ze nu achter-
wege, zodat ze een vrolijke brief kon verzenden. Met
ook heel veel vragen aan hen over hoe zij het maakten.

En toen schreef ze ook een nieuwe brief aan haar
grootmoeder. Ook die was opeens veel vrolijker. Hij
zou haar grootmoeder geen hoofdpijn maar glimlach-
jes bezorgen.

14. Kleuren

Zonder dat ze er van tevoren over had nagedacht, liep Aisha in de klas naar Jennifer.

'Zou jij tekeningen bij de tekst van mijn spreekbeurt willen maken?'

'Ik?' Jennifer keek verrast op. 'Ik ken dat land helemaal niet.'

'Ik kan het je wel vertellen. Je weet toch hoe een kameel eruitziet. En thuis heb ik foto's.'

'Ik wil het wel proberen,' zei Jennifer aarzelend. 'Maar of ze wel lijken? Je ziet zelf hoe ik teken.'

'Sprookjes, hè. Dat is juist goed. Ik droom ook over Somalië. Van mij mag het best sprookjesachtig zijn.'

'Met veel zon?'

'Ja, en veel leeg land. Woestijn. En fraaie luchten. Dat is toch precies waar jij van houdt?'

'Dat is zo. Kom je straks na schooltijd naar mij toe?'

'Goed. Ik zeg eerst even thuis dat ik bij jou ben.'

Een halfuur na school was Aisha al bij Jennifer thuis. Jennifer liet haar al haar tekeningen zien. Grote vellen vol kleur. Vooral lichte kleuren. Nog veel grotere tekeningen dan op school. Sommige zo groot als een halve wand. Als je ernaast stond, was het net of je midden in een sprookjeswereld stond.

'Zo groot maak ik ze nog maar pas, hoor,' zei Jennifer. 'Eigenlijk ben jij de eerste aan wie ik ze laat zien.'

'Het is heel goed,' zei Aisha vol bewondering. 'Dat je dat kunt, prachtig!'

'Gek hè, opeens begonnen mijn kwasten en potloden uit te schieten. Ze hielden niet meer op bij de rand van het vel. In korte tijd werd alles groter en groter.'

'Je moet er wel bijna altijd mee bezig zijn.'

'Dat ben ik ook. Dag en nacht. Ik wil niet anders. Ik kan niet anders.'

'Het zijn echt droomwerelden. Ze passen precies bij mijn verhaal over Somalië.'

Aisha pakte haar schrift en las een stuk van haar tekst voor. Als vanzelf begon Jennifer al te tekenen. De kleuren vlogen op het papier. Grote vellen vol zon en zand. En eindeloze verten. Een karavaan van kamelen. Een tent met bedoeïenen. En stilte. Het was alsof je de stilte van de woestijn op de tekeningen kon horen.

15. Onweer in de nacht

Nog een paar dagen, dan zouden de schoolwedstrijden zijn. Aisha probeerde er niet aan te denken, maar hoe meer ze dat probeerde, hoe meer ze er juist over dacht. Thuis probeerde ze net te doen of er niets was en dwong ze zichzelf te zingen en steeds opgewekt te zijn.

Toen ze zelf weer kon fietsen, ging ze 's avonds kijken op het atletiekveld, waar de anderen aan het oefenen waren. Ze moedigde hen aan, maar het liefste zou ze zelf mee hebben getraind.

'Jullie trainen wel hard,' zei Aisha, toen Sally eventjes bij haar kwam staan, totaal uitgeput.

'Dat doen we voor jou,' zei Sally. 'Nu jij niet kunt lopen moet een van ons winnen. We willen niet dat die van De Zonnewende er door die rotstreek met de eerste prijs vandoor gaan. Als ze winnen omdat jij niet kunt lopen, zou dat niet eerlijk zijn. En daarom móéten wij winnen, Lisa of ik.'

'Fijn dat je er zo over denkt,' zei Aisha. 'Dat is precies zoals ik me de wraak op die jongen voorstel.'

In de nacht voor de wedstrijd brak er een flink noodweer los. De bliksem verlichtte de hele hemel. De slagen van het onweer dreunden door het huis. De hemelsluizen gingen open. De regen kletterde op het dak en sloeg tegen de ruiten. Regen en storm gingen zo hard tekeer dat Aisha er wakker van bleef liggen.

De hele nacht regende het aan één stuk door. Aisha kon er gewoon niet meer van slapen, maar dat kwam ook een beetje doordat ze weer lag te piekeren over de wedstrijd die morgen zou zijn en waaraan ze niet mee kon doen. De teleurstelling sloeg weer toe, aangewakkerd door de angstige momenten van het onweer.

Om haar hoofd op andere gedachten te brengen, las ze een boek over een meisje en haar paard. Jammer voor het meisje in het boek, maar het liep niet goed af. Ze won niet. Eindelijk een verhaal dat dicht bij de werkelijkheid stond. Tenslotte waren er altijd meer verliezers dan winnaars bij een wedstrijd.

Van het lezen werd ze rustig. Ze besefte dat alles gewoon zijn gangetje zou gaan na de wedstrijd en dat ze, waarschijnlijk over een paar weken, weer kon gaan trainen. Als ze eenmaal weer bij de atletiekclub was, kwamen er nog genoeg wedstrijden. Over die ene wedstrijd moest ze zich maar niet te veel zorgen maken, ook al was het jammer voor haar school.

Eindelijk viel ze, met het boek nog in haar handen, in slaap.

's Ochtends vroeg stonden de straten blank. Het was nog een hele kunst om naar school te fietsen door de dikke laag water op straat. Maar het gaf ook extra vrolijkheid. Sommige jongens probeerden kunstjes uit te halen op hun fiets. En wie niet oplette en tegen een onder het water onzichtbare stoeprand aan reed, viel om en had natte kleren.

Overal was de brandweer de kelders aan het leegpom-

pen. Vannacht moest het echt een zondvloed zijn
geweest.

In de gang stonden alle groepen klaar om naar het
sportveld te gaan.
Aisha schoot meester Jip aan.
'Ik ben gisteren bij Jennifer thuis geweest.'
'Ik ben blij dat jullie vriendinnen zijn geworden,' zei
de meester.
'Het was heel bijzonder,' zei Aisha. 'Ik heb de teke-
ningen gezien die ze thuis maakt. Gewoon fantas-
tisch.'
'Hoe bedoel je?'
'Zo goed als ze zijn.'
'Ik geef toe dat alles mooi is wat ze maakt.'
'Maar wat ze in de laatste maanden thuis heeft
gemaakt, hebt u nog niet gezien.'
'Is dat dan zo anders?'
'Ja. Heel grote sprookjeswerelden.'
'Dus je bedoelt dat ik bij haar thuis moet gaan kij-
ken?'
'Ik heb een idee. Jennifer zou op school moeten expo-
seren. Liefst wanneer de ouderavonden zijn. Alle
muren van de school vol. Dan kan iedereen de teke-
ningen zien.'
'Lijkt me een goed idee.'
Blij ging Aisha terug naar de klas. Het was er stil.
Alleen Jennifer was er. Zoals gewoonlijk zat ze te
tekenen. Ze had niet eens in de gaten dat Aisha bin-
nenkwam, zo was ze in haar tekening verzonken.

Even later kwam de hele groep de klas binnen. Aisha was verbaasd. Ze moesten toch vertrekken?

'Ik heb een minder leuke mededeling voor jullie,' zei de meester. 'Ik heb net gehoord dat de sportwedstrijden vandaag niet doorgaan. De wedstrijden moeten zeker een paar weken worden uitgesteld. De velden staan blank. Je kunt er niet eens op lopen, laat staan op sporten.'

'Wat jammer,' zei Sally. 'Dan hebben we voor niets getraind.'

'Ach, misschien ook niet,' zei de meester. 'Nu hebben we tijd om nog beter te trainen.'

'Je hebt toch ook getraind voor de club,' zei Roy.

'Dat wel,' zei Sally. 'Dat is nooit weg.'

Maar Aisha klonk de mededeling van meester Jip als muziek in de oren.

'Over een paar weken!' riep ze uit. 'Misschien kan ik dan weer meedoen. Dan heb ik alweer getraind!'

'Verhip ja,' zei Sally. 'In twee weken ben jij weer een wereldster.'

'Dan is dit bericht voor onze klas een geluk bij een ongeluk,' zei de meester.

16. Beter

Samen met haar moeder ging Aisha op controle bij de dokter.

'Het ziet er goed uit,' zei de dokter toen hij haar been bekeken had. 'Je hoeft niet meer terug te komen. Je bent beter.'

'Mag ik weer hardlopen?' vroeg Aisha.

'Zo hard je wilt. Maar forceer het niet. Doe het een paar dagen rustig aan. Als je niets voelt, kun je gewoon weer alles doen.'

'Meester Jip is bij me thuis geweest,' zei Jennifer de volgende dag op school.

'Heeft hij de tekeningen voor mijn spreekbeurt gezien?'

'Alles. Hij wilde er zelfs een hebben, voor bij hem thuis aan de muur.' Jennifer was trots. 'En hij vroeg of ik wilde exposeren op school. In de hal. Stel je voor, al die grote tekeningen in de hal.'

'Dat wordt een sprookjeswereld op school.'

'Ze blijven hangen tot na de ouderavond. Dit weekend komt de meester weer. Dan helpt hij me met het inpakken.'

'Goh, wat goed,' zei Aisha. 'Je zult zien hoe de mensen ervan opkijken.'

'Denk je dat echt?'

'Dat denk ik zeker. Met tekenen ben jij kampioen. Niet alleen van de school. Je bent veel beter dan iedereen.'

'Bedoel je net als jij met lopen?'

'Als het met lopen ooit zover komt, ja,' lachte Aisha. 'Ik weet dat ik talent voor lopen heb. Dat heb ik van mijn moeder. Die kon ook zo hard lopen. Maar je brengt het alleen ver als je écht wilt winnen. Dat is zo met lopen, maar met tekenen is het net zo. Jij bent ook een kampioen.'

'Ik wil ook de beste zijn,' zei Jennifer.

'Dan worden we allebei kampioen,' zei Aisha. 'Daar houd ik je aan.'

'En ik jou,' zei Jennifer.

Nog diezelfde avond ging Aisha weer naar het trainingsveld, op de fiets. De anderen waren er ook.

'Ik doe weer mee,' zei ze. 'Ik ben beter.'

'Blij dat je er weer bij bent,' zei Roy.

Omdat het veld te nat was, liepen ze een rondje door de bosjes rond het sportterrein. Het ging niet al te hard, zodat Aisha mee kon komen.

'Forceer je niet,' zei Roy. 'Met te veel inspanning maak je alles misschien weer kapot.'

'Ik voel niks meer,' zei Aisha. 'Hoe meer ik loop, hoe beter het gaat.'

Gelukkig had Aisha ook in de dagen daarna geen last meer van haar knie. Ze was blij dat alles weer goed kwam. Ze liep weer als vanouds. Maar ze wist goed dat ze een grote achterstand had. Het was een illusie om na een paar weken trainen te verwachten weer de beste te kunnen zijn. Maar toch, ondanks de achterstand in haar conditie, droomde Aisha elke nacht weer van winnen.

Als ze thuiskwam van het trainen, werkte ze aan haar spreekbeurt. Door alle gesprekken over vroeger had ze al heel wat kunnen opschrijven. Tien velletjes had ze al vol over de gewoonten en gebruiken in haar vroegere dorp, over de feesten en de ceremonies, over de school en het werk. Het was eigenlijk al veel te veel. Vooral omdat ze het ook nog wilde hebben over het verschil tussen het leven van meisjes in Somalië en in Nederland. Dat was zo anders dat ze daar nog een tweede spreekbeurt mee vol had kunnen krijgen. En dan had ze nog een heleboel kleinere onderwerpen over, zoals het eten in Afrika en de kleding. Maar dat kon ze allemaal bewaren voor latere opstellen en zo.

De tekeningen die Jennifer bij haar verhaal maakte, pasten er precies bij. Ze lieten de stilte zien van het land, de eindeloze uitgestrektheid, de rust van de mensen. Het was een wereld waarin het leven bijna tot stilstand leek te zijn gekomen. Het was net of je alles wat er leefde kon horen ademen, zo stil was het.

In het weekend werden de tekeningen van Jennifer opgehangen in de hal van de school. Aisha en haar vader en Jennifers vader hielpen mee. Pas toen ze allemaal aan de muren hingen, viel op hoe groot ze waren. Ze bedekten de wanden compleet, zodat je er als toeschouwer in wegzonk.

Aisha's vader hing spotjes op, die op de tekeningen

waren gericht. Zo leek het echt of de zon op het zand scheen. Het was net of je de warmte van de woestijn aan je lijf kon voelen.

Een beetje stil door het effect van haar werk zat Jennifer naar haar tekeningen te kijken. Maar haar ogen straalden.

'Als je straks wereldberoemd bent, kunnen wij in ieder geval zeggen dat wij de eerste expositie van jou in huis hebben gehad,' zei meester Jip trots.

17. DOORZETTEN

De expositie van Jennifer had veel succes. De ouders van de kinderen die voor de ouderavond op school kwamen, spraken erover met veel lof. Het kwam zelfs zover dat de plaatselijke krant er een stuk over schreef en een foto van een schilderij van Jennifer in kleur afdrukte. Jennifers geluk kon niet op. En ook de rest van de klas vond het geweldig voor de altijd zo stille Jennifer, die nu in het middelpunt van de belangstelling stond.

'Jij maakt onze school beroemd,' zei de meester. 'Jij bent de beste reclame die we hadden kunnen bedenken.'

En er was ook weer hoop voor Aisha. Een week voor de wedstrijd kon ze weer volop meetrainen. Ze was nog wel een beetje stijver dan haar lief was, maar elke dag ging het wat beter. Toch was ze nog lang niet zo snel als Sally en Lisa. Als ze in topvorm was, zouden ze bij haar achter moeten blijven, maar nu bleven ze haar nog steeds voor. Om de wedstrijd te kunnen winnen, moest ze toch zeker die twee voorbij kunnen rennen.

Aisha zette door. Elke dag liep ze wat dichter bij de anderen. Had ze nog maar een paar weken meer de tijd! Dan zou ze iedereen eens wat laten zien!

Toen Aisha thuiskwam van de laatste training, was er een brief van haar grootmoeder. Per fax. Ze had direct teruggeschreven. Juichend rende ze met de brief door het huis. Eindelijk!

Oma schreef dat het goed met haar ging. En dat ze hoopte dat de oorlog spoedig voorbij was en dat ze haar weer konden bezoeken. Al meer dan een jaar was het rustig in het dorp. En mensen die vroeger vijanden waren geweest, praatten weer met elkaar.

Aisha begon meteen weer aan haar spreekbeurt te werken. Ze pende alles op over het leven van meisjes in Somalië. Over hoe de meisjes in haar dorp al heel jong hun moeder hielpen, met water halen en koken. Hoe ze zelf hun kleren maakten en borduurden. Hoe ze zichzelf versierden met henna in het haar en met tekeningen van henna op hun handen en hun gezicht. En hoe sommige meisjes al vroeg uitgehuwelijkt werden, vaak als ze nog klein waren, als de ouders van een jongen en een meisje het er met elkaar over eens waren. En dat de jongens een bruidsschat moesten betalen.

'Mam, als we nog in Somalië hadden gewoond, had je mij dan ook al uitgehuwelijkt?' vroeg Aisha opeens.

'Jou?' Haar moeder keek verbaasd op. 'Nee, dat niet.'

'Waarom niet?'

'Omdat wij vinden dat jij dat zelf moet beslissen. Ook in Somalië veranderen de tijden.'

'En jij dan, ben jij uitgehuwelijkt?'

'Ja, dat wel, maar ik trok me er niks van aan.'

'En wat gebeurde er toen?'

'Toen trouwde ik gewoon met de jongen van mijn hart.'

'En was die ander toen niet boos?'

'Nee, dat niet,' zei moeder. 'Eigenlijk heb ik me zo tegen dat huwelijk verzet, dat ik daardoor zo veel over die jongen te weten kwam, dat ik toen toch verliefd op hem werd.'

'En toen?'

'Toen ben ik met hem getrouwd. En hij wilde mij ook. Maar we hebben er altijd bij gezegd dat het onze eigen vrije keus was.'

'Had grootmoeder de jongen voor je uitgezocht?'

'Ja.'

'Zie je, grootmoeder weet altijd alles. Ze wist dus al dat jullie bij elkaar hoorden.'

18. Spanning

Het was de dag van de wedstrijd. Van de zenuwen was Aisha al heel vroeg op. Ze probeerde uit haar hoofd te zetten dat ze niet kon winnen, maar toch was winnen het enige waaraan ze nog kon denken.

Ze was als eerste op school. Tegenover de anderen probeerde ze heel gewoon te doen. Gelukkig sprak niemand haar op het winnen aan, want geen mens hield er rekening mee. Ook meester Jip niet.

Maar opeens begon Jennifer erover.

'Jij gaat winnen. Vandaag ga ik mee. Ik wil zelf zien hoe je wint.'

'Maar ik wéét niet of ik kan winnen. Ik heb te weinig getraind.'

'Zeur niet. Je wílt winnen. En je móét winnen, al is het maar voor mij.'

'Ik doe mijn best,' beloofde Aisha. Ze keek Jennifer na, die in haar rolstoel de gang uit reed en door meester Joep van groep drie in zijn auto werd gezet.

Goh, Aisha kreeg er gewoon hartkloppingen van. Ze wist wel dat Jennifer enorm met haar meeleefde, maar nu begreep ze ook dat ze het zich persoonlijk heel erg aantrok.

Met de hele school, klas na klas, fietste ze naar het stadion waar alle scholen van de stad bij elkaar kwamen. De tribunes zaten vol met de honderden kinderen die hun favorieten kwamen aanmoedigen.

De wedstrijden begonnen met de onderdelen die het

langste duurden, zoals het kogelstoten en het hoog- en het verspringen. Tussendoor werden de series voor de loopnummers afgewerkt. De finales van de loopnummers waren de climax van de wedstrijd. De 60 meter sprint voor de meisjes en de 80 meter sprint voor de jongens werden bewaard tot het laatst. Net daarvoor liepen de meisjes de 800 meter en de jongens de 1000 meter. Aisha kon er haast niet op wachten.

Terwijl Aisha haar warming-up deed, zag ze opeens Mark, de jongen van De Zonnewende die ze ervan verdacht dat hij de stok in haar wiel had gestoken. Hij stond bij een van de meisjes van zijn school. Een blond meisje.

'Dat is die meid die vorig jaar de 800 heeft gewonnen,' zei Sally, die naast haar stond te rekken en te strekken. 'Zie je, die jongen heeft met haar te maken.'

'Roy zei toch dat ze zijn zus was?'

Opeens, toen Mark van de baan liep, zag hij Aisha. Hij schrok. Had hij er niet op gerekend dat hij haar hier toch bij de start nog zou zien?

'Ken jij hem?' vroeg Aisha tussen neus en lippen door aan het blonde meisje.

'Mark?' zei ze wat verbaasd. 'Hij is mijn broer. Hoe-zo?'

'Ach, zo maar,' zei Aisha. 'Ben jij Miriam?'

'Ja, dat ben ik.'

'Jij hebt vorig jaar gewonnen?'

'Ja. Dit jaar win ik weer.' Miriam leek er vast van overtuigd.

'Nou, dat hoop ik dan voor jou,' zei Aisha. Verder zei

ze maar niets. Ze moest zich concentreren op de race.

19. DE RACE

Het startschot viel. Als een speer vlogen de meisjes weg.

Een paar vertrokken er heel snel en lagen al direct een flink stuk voor. Die dachten zeker dat de afstand van 800 meter één lange sprint was. Voor hen was Aisha niet bang. Die zou ze zeker inhalen, als ze bij drie- of vierhonderd meter opgebrand waren. Maar aan de blonde staart voor haar herkende ze Miriam. De zus van haar aanvaller liep een meter of tien voor haar!

Aisha zette een tandje bij. Langzaam haalde ze Miriam in.

Ze naderden het 400-meterpunt. De helft zat erop. De meisjes die voorop hadden gelegen, zakten uitgeput af. Alleen Miriam lag nog op Aisha voor. Een paar meter nog maar, maar het was zwaar om het gat dicht te lopen. Vlak achter zich hoorde ze Sally.

'Pak haar! Je kunt het!' hoorde ze haar sissen.

Bij de zeshonderd meter keek Miriam om. Even keek ze Aisha recht in haar ogen. Ze leek een beetje verbaasd, omdat Aisha haar nog steeds volgde.

'Ik win van je,' ging het door Aisha heen. Ze wilde écht winnen. Haar hele lijf wilde winnen. Ze wilde ook winnen om zich te wreken op de broer van Miriam. Winnen, winnen, winnen. Die jongen kreeg haar niet klein. Als ze verloor, verloor ze immers niet alleen van Miriam, maar ook van hem.

Ze zag de baan haast niet meer. Ze zag alleen de blonde staart voor haar op en neer dansen. Mirjam mocht niet op haar uitlopen. Maar ze haalde haar ook geen centimeter meer in.

Opeens zag ze Jennifer in haar rolstoel naast de kant staan, met opgeheven armen.

'Gaan! Gaan! Gaan!' schreeuwde Jennifer. 'Je wint! Aisha, je wint!'

Even hief Aisha haar hand op. Ze moest winnen voor Jennifer. Het gaf haar net nog dat beetje extra kracht dat ze nodig had. Langzaam haalde ze Miriam in. Ze was bijna naast haar.

'Gaan! Gaan! Gaan!' hoorde ze Jennifer weer.

'Nog honderd meter voor de meisjes!' riep de spea-ker. Ze beet op haar tanden. Ze kwam naast Miriam. De vlag! Nog vijftig meter. Het finishlint leek op haar af te komen, zo snel ging ze. De finish gaf haar vleu-gels. Nog twintig meter, nog steeds lagen ze zij aan zij. Nog tien!

'Gaan! Gaan!' Het was Jennifers stem.

Aisha vloog over de finish. Het lint rolde rond haar borst. Ze had gewonnen! Het was net of de wereld onder haar door rolde en zijzelf ineens stilstond.

Ze zag nog net het teleurgestelde gezicht van Miriam, die een pas achter haar over de finish ging. Toen zakte ze op haar knieën, het gezicht in haar handen.

Sally en Lisa kwamen binnen. Ze waren ook bij de eerste vijf.

'Je bent geweldig,' hijgde Sally, die direct naar haar toe kwam lopen en naast haar in het gras zakte. 'Je hebt Miriam verslagen.'

'En haar broer!' hijgde Aisha. 'Hij heeft mij niet klein gekregen.'

Jennifer kwam naar haar toe in haar rolstoel en sloeg een arm om haar heen.

'Je hebt gewonnen,' zei ze, zelf buiten adem van het schreeuwen.

'Het moest wel,' zei Aisha. 'Jij zou het me kwalijk hebben genomen, als ik niet had gewonnen.'

'Je móést winnen,' zei Jennifer. 'Je zou boos zijn geweest op jezelf, als je tweede was geworden. Niet voor die tweede plaats, want dat is ook heel goed, maar omdat je dan niet alles zou hebben gegeven.'

'Jij geeft altijd alles, hè.'

'Ja, alles,' zei Jennifer. 'Ik móét wel. Mijn tekeningen moeten álles zijn. Alles. Met minder dan alles kan ik het niet. Met minder is het niets.'

Meester Jip holde juichend naar Aisha toe en feliciteerde haar.

'Je bent fantastisch,' zei de meester. 'Dit had ik nooit durven dromen. Je bent de ster van de school!'

'En Jennifer dan?'

'Vanaf vandaag hebben we twee sterren in de klas,' zei de meester blij.

20. DE EER GERED

Na de 800 meter voor de meisjes kwamen de jongens aan de start voor de 1000 meter. Iedereen lette op Roy. Roy deed zijn best, maar de concurrentie was groot. Er liepen meer jongens in de race die bij de atletiekclub waren. Dat brak Roy zuur op. Hij werd derde, nog net in de prijzen, maar toch met een flinke achterstand op de eerste twee. Sam en Mike, de nummers twee en drie van De Regenboog, liepen niet eens bij de eerste tien. Het viel ze wat tegen.

'Blij dat jij gewonnen hebt,' fluisterde meester Jip Aisha in het oor. 'Met jouw gouden plak heb jij de eer van onze school gered.'

De prijsuitreiking was in volle gang. Aisha werd naar het podium geroepen. Miriam liep met haar mee. 'Je bent heel goed,' zei Miriam. 'Ik wist zeker dat ik zou winnen. Ik had niet zo veel tegenstand van jou verwacht.'

'Dat je wint weet je pas, als je gewonnen hebt,' zei Aisha. 'Maar jij bent ook goed.'

Ze stapten op het podium, Aisha op de hoogste trede, Miriam op de tweede, Sally op de derde.

Ze kregen bekers en bloemen. Iedereen applaudisseerde voor hen.

'Jij hebt echt talent,' zei Miriam toen ze weer van het podium afstapten. 'Maar waarom heb ik jou nooit eerder zien lopen?'

'Wist je dan niet dat ik ook kon winnen?'

'Nee? Wie zou me dat verteld moeten hebben?'

'Jouw broer natuurlijk.'

'Kent die jou dan?'

'Ja, en hoe! Hij heeft er juist voor willen zorgen dat ik níét kon lopen.'

'Hoe dat dan?'

'Weet je het écht niet?'

'Wát weet ik niet?'

'Dat hij een stok in mijn fietswiel heeft gestoken?'

'Ik snap het niet. Wat bedoel je toch?'

Toen Aisha begreep dat Miriam echt van niets wist, vertelde ze haar het hele verhaal. Ontsteld hoorde Miriam alles aan.

'Wat een mispunt,' zei ze woedend, toen ze alles had gehoord. 'Hoe durft hij? En moet je weten dat ik niks over jou wist. Ik wist niet eens dat je bestond. Thuis krijgt hij op zijn kop, daar kun je zeker van zijn. Ik vertel mijn ouders alles.'

'Hij heeft het wel voor jou gedaan.'

'Maar een rotstreek blijft het,' zei Miriam. 'Ik begrijp niet waarom hij dat voor mij heeft gedaan. Op zo'n manier wíl ik niet eens winnen. Hoe kan ik het met je goedmaken?'

'Door gewoon met mij te gaan trainen,' zei Aisha.

'Hoe bedoel je?'

'Bij de atletiekclub,' zei Aisha. 'Jij loopt ook goed. We kunnen ons aan elkaar optrekken. Hoe beter de tegenstand, hoe beter je zelf wordt.'

'Ik doe graag met je mee,' zei Miriam. 'Maar nu moet

ik even naar mijn broer. Ik ga hem zeggen wat ik van hem denk.'

Even later zag Aisha de broer van Miriam naar haar toekomen. Zijn hoofd was rood. Mark stak zijn hand uit, een beetje voorzichtig, net alsof hij bang was dat Aisha hem zou bijten.

'Gefeliciteerd,' mompelde hij. 'Je bent geweldig.'

'Dank je,' zei ze. Ze moest even slikken.

'Je hebt het aan mijn zus verteld, hè?'

'Wat anders,' zei Aisha. 'Gek, dat ze van niets wist.'

'Dat is ook gek,' zei hij. 'Ik heb alles op eigen houtje gedaan. Ik wilde graag dat ze weer zou winnen. Ik moet je zeggen dat het me nu geweldig spijt wat ik heb gedaan.'

'Gelukkig maar,' zei Aisha.

'Hoe kan ik het goedmaken?'

'Als je al eens begint met de reparatie van mijn fiets te betalen,' zei Aisha.

'Dat doe ik graag,' zei Mark. 'Ik wil alles doen om mijn stomme streek goed te maken.'

'Nou, daar ben ik blij mee.'

'Mijn zus is boos op me,' zei Mark.

'Stel je voor dat ze niet boos zou zijn. Dan zou ze je gedrag achteraf goedkeuren. Maar nu het je spijt, kunnen we beter alles vergeten.'

'Daar ben ik blij om,' zei Mark. 'Weet je wat die reparatie van je fiets heeft gekost?'

'Geen idee,' zei Aisha. 'Kom straks maar bij me thuis. Mijn vader weet het precies.'

'Dat durf ik niet. Hij slaat me dood.'
'Dat denk ik niet. Ik denk eerder dat hij blij is dat alles goed komt. Wij hebben al oorlog genoeg gehad.'

Na school kwamen alle vrienden en vriendinnen bij Aisha thuis, om de gouden plak te vieren. Ook Jennifer was er. Ze was net zo blij met de overwinning als Aisha zelf.

Om de zege te vieren trakteerde Aisha's moeder op zoete vruchtengebakjes uit Somalië en ijstaart uit Nederland. En Yusuf haalde de bordjes op en deed de afwas! Net alsof hij nooit anders gedaan had. Hij was zo trots op zijn zus dat hij opeens was vergeten dat een jongen daar te goed voor was!

Aisha bleef zich heel opgewonden voelen. Er was een vreemde spanning in haar. Het was de roes van de overwinning. Het was misschien net iets te veel. Net of het allemaal opeens te vlug ging.

Na het feest liep ze naar haar kamer, ging op bed zitten en probeerde naar zichzelf te luisteren. Ze voelde hoe haar lijf vol kracht zat. Het was of ze nu alles aankon. Ze was stuk, maar toch was haar lijf ongedurig, net of het nu onmiddellijk méér wilde.

Ze herinnerde zich wat haar moeder verteld had. Als ze zich niet helemaal prettig voelde en haar lijf van spanning tintelde, holde ze de woestijn in, net zolang tot ze moe was.

Resoluut trok ze haar trainingspak en loopschoenen aan en ging naar beneden.

'Ik ga nog een eindje lopen.'

'Nu nog?' vroeg moeder.

'Mijn benen tintelen. Ze zeggen me dat ze willen lopen.'

'Ik begrijp het,' zei moeder. 'Je hebt dezelfde benen als ik.'

Kalm aan liep Aisha de straat uit. De dijk op, langs het kanaal. Het jaagpad. Langzaam nam haar snelheid toe. Haar lijf begon te gloeien. Het lopen gaf haar een heerlijk gevoel. Vrijheid. Lef. Kracht. Ze liep de hele dijk af. Kilometers, ze wist niet eens hoeveel. Het lopen ging haast vanzelf. De inspanning gaf haar een geluksgevoel dat het won van haar moeheid.

'En?' vroeg moeder toen ze weer thuiskwam. 'Fijn gelopen?'

'Heerlijk,' zei Aisha. 'Zoals ik me voelde toen ik helemaal alleen op de dijk liep, zo moet jij je gevoeld hebben toen je in de woestijn liep. Zo vrij. Ik had naar het eind van de wereld kunnen lopen.'

'Ik ben blij dat ik een dochter heb die wat van mij begrijpt,' zei moeder.

21. DE SPREEKBEURT

Op de maandag na de overwinning hield Aisha haar spreekbeurt. Ze had alle foto's die met haar onderwerp te maken hadden op het bord geplakt. Het water halen bij de rivier, zoals ze zelf had gedaan. Het borduren van kleren door de meisjes. Het zichzelf opmaken door de vrouwen met figuren van henna. Jongens die voetbalden met een zelfgemaakte bal van papier en elastiek. Groepjes vrouwen op straat. Het vee op de kamelenmarkt. Loslopende geiten. Grootmoeder, hurkend bij een kookvuurtje. Kleine kinderen in lange jurken tot op de grond.

Rond het bord hingen de sfeervolle tekeningen van Jennifer. Ze toonden de eindeloze ruimte van de woestijn. De kamelenkaravanen die verdwenen in het niets achter de horizon. De ruime tenten van de gezinnen op reis. De kleuren en geuren van het verhaal dat Aisha vertelde. Alles was zichtbaar in de tekeningen.

Aisha was gegrepen door haar eigen verhaal. Ze wijdde zo veel uit over de dingen, maar ook over heel veel wat niet op de foto's en de tekeningen stond, dat de spreekbeurt uitliep tot een heel lesuur. De klas luisterde geboeid. Pas toen ze alles had verteld wat in haar was opgekomen, stopte ze. Ze had veel meer verteld dan voor een spreekbeurt gewoon was. Ze had haar hele levensverhaal verteld. Ze voelde zich helemaal leeg. Ze had zo lang en met zo veel vuur gesproken, dat ze net zo moe was als na haar overwinningsrace.

Toen ze terugliep naar haar plaats, was het even heel stil, maar in haar oren klonk deze stilte precies zo als het applaus na de race.

'Wat kun jij mooi vertellen,' zei meester Jip getroffen. 'Het was net of we bij jou in je dorp waren.'

'Zo voelde ik dat ook,' zei Lisa. 'Als ik groot ben, ga ik zeker in Somalië kijken.'

'Dan gaan we samen,' zei Aisha. 'Misschien willen er dan wel meer mee.'

'Ik ook,' zei Jennifer. 'Ik wil graag zien of mijn tekeningen daar ook echt lijken.'

'Wil je echt terug naar Somalië?' vroeg meester Jip.

'Als het kan wel,' zei Aisha. 'Als de oorlog is afgelopen. Grootmoeder schreef dat de vijanden met elkaar in gesprek zijn. Misschien kan ik er later naartoe als verpleegster.'

'Dan ga ik als juf,' zei Jennifer.

Aisha was blij. Nu ze alles over haar wisten, voelde ze zich veel vrijer. In haar spreekbeurt had ze alles over haar eigen geschiedenis verteld. Zo had ze haar vroegere leven met het leven van nu verbonden. De klas wist nu wie ze was.

'Weet je wat ik doe?' zei meester Jip. 'Van de tekst die je hebt geschreven en van de tekeningen van Jennifer maak ik een boekje voor elk kind in de groep. Dit was een spreekbeurt die we nooit willen vergeten.'

'Hoe gaat dat boek heten?'

'Winnaars, natuurlijk,' zei de meester. 'Ik heb een klas vol winnaars.'

22. Lef

Op vrijdag ging Aisha samen met haar vriendin-nen naar de atletiekvereniging. Ze keek wel op toen ze daar niet alleen Miriam maar ook haar broer zag.

'Ik doe ook mee,' zei Mark.

'Dus jij hebt begrepen dat sporten leuker is dan treite-ren,' zei Lisa.

'Dat zeker.'

'Gelukkig maar,' zei Aisha. 'Het was een rotstreek van je, maar we vergeten het maar. Ik ben blij dat het je spijt.'

'Maar ik ben niet zo goed als mijn zus,' lachte Mark.

'Geeft niet,' zei Aisha. 'Bij sport gaat het niet alleen om winnen. Het gaat vooral om meedoen.'

Aisha keek verrast op toen ze even later Jennifer naar de baan zag komen. Ze liep naar haar toe.

'Kom je kijken?'

'Kijken en werken,' lachte Jennifer. Uit de tas onder haar stoel haalde ze een groot schetsboek tevoor-schijn. 'Ik ga jullie tekenen, terwijl jullie aan het trai-nen zijn. Die race van jou, dat was de eerste keer dat ik zo door sport werd gegrepen. Het boeide me enorm. Die snelheid, die wil ik tekenen.'

'Doe je best,' zei Aisha vrolijk. 'Ik ben benieuwd wat jij ervan maakt.'

Op het veld was wel duidelijk dat Mark niet zo'n

groot talent was als zijn zus. Hij leek een beetje teleurgesteld. Aisha had het idee dat hij zich bij de club gemeld had om het bij haar goed te maken.

'Hij slooft zich echt uit,' zei Lisa. 'Hij doet het alleen voor jou. Volgens mij zou hij op zijn handen naar Rome lopen, als je het hem vroeg.'

Ze gingen even kijken naar de schetsen die Jennifer had gemaakt. Verbaasd zag Aisha dat Jennifer alleen maar benen had getekend. Benen die snelheid uitdrukten.

'Ben je zo geboeid door benen omdat je zelf niet kunt lopen?' vroeg ze recht op de man af.

'Eerst wel,' zei Jennifer. 'Maar je weet dat ik daar niet meer over treur. Ik vind het wel geweldig om te zien wat benen doen. Die spieren. Het rekken en strekken, dat is prachtig.'

'Het is pure kracht die je hebt getekend,' zei Lisa.

'Dat wilde ik ook,' zei Jennifer. 'Als ik had willen vastleggen hoe goed jullie lopen, had ik beter een foto van jullie kunnen maken. Maar zo'n tekening geeft veel beter weer hoe sterk jullie zijn.'

'Weet je wie ook lid is geworden van de atletiekclub?' vroeg Aisha 's avonds thuis.

'Nee,' zei haar vader. 'Die meisjes van je klas, Lisa en Sally?'

'Die waren er al bij. Ik zal het maar vertellen. De jongen die de stok tussen de spaken van mijn fiets heeft gestoken.'

'Die etter!' zei Yusuf. 'Dat pik je toch niet!'

94

'Dan zie je hem daar dus elke week?' vroeg haar vader verbaasd.

'Ja, maar dat is goed. Hij heeft er heel veel spijt van.'

'Als dat maar waar is,' zei vader.

'Jij zegt toch altijd zelf dat iedereen de kans moet krijgen om alles weer goed te maken?' zei moeder.

'Dat zeker,' zei vader. 'Als je haatdragend bent, heb je vooral jezelf ermee. Haat schept oorlogen.'

'In Somalië zouden ze ook meer moeten hardlopen,' zei Aisha. 'In plaats van op elkaar te schieten, zouden ze met elkaar moeten sporten. Dat zou ze leren om waardering voor elkaar te krijgen.'

De bel ging.

'Daar heb je hem vast,' zei Aisha.

'Wie is hem?' vroeg moeder.

'Mark. Ik denk dat hij de reparatie van mijn fiets komt betalen.'

'Hij heeft wel lef,' zei vader goedkeurend. 'Laat hem maar binnen.'

Mark stond verlegen aan de deur.

'Je mag binnenkomen,' zei Aisha.

Hij volgde haar wat bedremmeld.

Het was even stil toen hij binnenkwam. Alleen Hieham begon te kraaien. Dat brak het ijs.

'Ga zitten,' zei vader.

Mark ging zitten. Een beetje schutterig pakte hij zijn portemonnee.

'Hoeveel kost de reparatie?'

'Het zal je misschien verbazen,' zei vader. 'Maar het kost je niets. Ik heb de fiets zelf kunnen maken. Bij

kennissen lag nog een goed wiel.'
'Maar ik wil graag ...'
'Weet je, jongens groeit het geld niet op de rug,' zei vader.
'Dan koop ik een boek voor Aisha.'
'Ja, dat is leuk,' zei vader.
'Weet je welk boek je wilt hebben?' vroeg Mark.
'Dat weet ik,' zei Aisha verrast. 'Het heet *Piepende remmen, boem**. Het gaat over een verkeersongeluk in Kenia.'
'Alweer een ongeluk?' vroeg moeder.
'Maar het loopt goed af,' zei Aisha. 'Ik heb het uit de bieb geleend, maar ik wil het graag zelf hebben, zodat ik het vaak opnieuw kan lezen.'

In het weekend schreef Aisha een lange brief aan haar grootmoeder. Ze schreef over hoe Jennifer en zij de kampioenen van de school waren geworden. En hoe ze lid was geworden van de atletiekclub en hoe ze zo nog meer vrienden en vriendinnen had gekregen.
Daarna trok ze haar trainingspak aan en rende naar de dijk. Er stond een straffe wind. Ze moest er recht tegenin. Maar het deed haar goed. Ze voelde zich helemaal vrij.

*Ton van Reen, Uitgeverij Zwijsen (1992)

Waarom ik dit boek schreef

Ik hou van hardlopen. Dat doe ik al mijn hele leven. Ook als ik in Afrika ben, een werelddeel waarvan ik veel hou. Ik ben er vaak en ik schrijf er veel over.

Mijn kinderen lopen ook. Een van hen is Susan Chepkemei, mijn Keniaanse (pleeg)dochter. Ze heeft al veel wedstrijden gewonnen, zoals de marathons van Rotterdam en Berlijn.

In Afrika heb ik veel lopers en loopsters leren kennen. Bovendien heb ik zelf een loopclub opgericht in Lalibela, een stadje in Ethiopië. Daar kom ik vaak, omdat ik er een project heb opgezet om kinderen te helpen. Met sport houden we kinderen van de straat. In Afrika is lopen heel gewoon, daarom zijn er zo veel Afrikaanse kampioenen in de atletiek.

Maar ook in Nederland en Vlaanderen zijn veel Afrikaanse kinderen, meisjes zoals Aisha uit dit boek. Vaak zijn ze met hun families uit oorlogsgebieden gevlucht en hier terechtgekomen. Voor hen is atletiek een fijne sport. Maar veel van hen weten nauwelijks dat er in Nederland atletiekverenigingen zijn. Hopelijk worden ze door dit boek nieuwsgierig.

Wie meer wil weten, kan op zoek gaan naar de atletiekclub in de stad of het dorp waar hij of zij woont. Maar ook bij de KNAU (Koninklijke Nederlandse Atletiek Unie) kun je informatie vragen: Postbus 567, 3430 AN Nieuwegein, telefoon: (030) 608 73 00. Vraag naar schoolsport, clubsport of Jos Beernink.

Jos weet er alles van. Zijn e-mailadres is: josbeernink@knau.nl.

TON VAN REEN

Ton van Reen is altijd schrijver geweest. Verhalen vertellen zit hem in het bloed. Dat heeft hij van zijn grootmoeder. Altijd als hij van school thuiskwam, moest hij een uurtje met haar kaarten. Tijdens het spel vertelde ze over vroeger, de tijd dat ze zelf nog een opgroeiend meisje was in een Brabants dorp. Zo hoorde de jonge Ton veel verhalen over heksen, kabouters, weerwolven en andere griezels, maar ook over hoe de mensen vroeger leefden en over de Tweede Wereldoorlog.

Heel jong debuteerde hij met de roman *Geen oorlog*. Sindsdien heeft hij veel romans, jeugdromans, kinderboeken en verhalen over Afrika gepubliceerd.

Zijn bekendste boek voor de jeugd is *De bende van de Bokkenrijders* dat werd verfilmd voor de televisie en vaak werd bekroond. Andere jeugdboeken zijn onder meer *Vlucht voor het vuur*, over de heksenvervolging in Europa en *Het wolfsvel*, een bundeling van al zijn griezelverhalen over weerwolven en vampiers. *Gestolen jeugd* is een grote roman over kinderen die opgroeien in de tijd van de Tweede Wereldoorlog.

Voor Uitgeverij Zwijsen schreef hij boeken voor de leesseries 'Bizon', 'Wachtwoord' en 'Zoeklicht'. Zijn voorlaatste boek is *Weg uit de fabriek* in de serie

'Toen … in de tijd van'.
Meer over Ton van Reen is te vinden op zijn website:
www.tonvanreen.nl.

Ibis

beestenspel.nl
'Jona hoorde een hoge, snerpende toon. Zijn bureaulamp
schudde, en opeens was het een twijg met een ekster erop,
die krijsend wegvloog. De boekenkast vervaagde, begon
te golven en veranderde in een
grillige rotspartij. Het spel vloeide de computer uit.'

Het 3D-effect van Transfigurex-spellen is bloedstollend!
Veertig kinderen mogen meedoen aan een beestachtig
goede wedstrijd. Het lijkt een droom, maar een nachtmerrie ligt op de loer ...

Met tekeningen van Camila Fialkowski

JOKE DE JONGE

De man bij het Gat
Mathilde en Lizzy zien hem het eerst: de vreemde man
met de verwarde haren. Van schrik slaan ze voor hem op
de vlucht. Vlak daarna ontdekken Benjamin en Joris hem
ook. De man is met iets heel geheimzinnigs bezig. Dat hij
iets te verbergen heeft, is wel duidelijk. Lizzy, Joris,
Mathilde en Benjamin zijn vastbesloten om uit te vinden
wat dat is.

Met tekeningen van Juliette de Wit

Stasia Cramer

Hiep hiep hypnose
Oom Zappa kan mensen onder hypnose brengen. Ena
denkt dat ze dat ook kan en Aris wil wel meedoen. Aris is
opeens in Atlantis, het land waar hij duizenden jaren
geleden woonde. Maar is Aris onder hypnose, of is
hij echt in Atlantis? En welke geheimen neemt hij mee
uit de oude wereld?

Met tekeningen van Joyce van Oorschot

AREND VAN DAM

Een indiaan zonder veren

Canada, het land van de indianen en beren. Arnoud is er een hele vakantie. In zijn eentje wil hij ontdekken hoe echte indianen leven. Hij leert Patrick kennen, een jonge Zwartvoet-indiaan. Net als Arnoud is hij op zoek naar echte indianen. Maar hij is er toch zelf één?

Met tekeningen van René Pullens

MARCEL VAN DRIEL

Straatwijs

Als Vivian uit school komt, is het hele huis leeggehaald.
De meubels, haar boeken, zelfs de cavia, alles is verdwenen. Eerst denkt ze aan een inbraak, maar waarom zijn de
muren opnieuw geschilderd? Als zelfs haar oma niet te
vertrouwen lijkt te zijn, vlucht Vivian naar Rotterdam,
waar ze samen met een wel heel bijzonder meisje het geheim van het lege huis probeert op te lossen. Maar wie
zijn De Metamorfosen?
En waarom zitten ze achter haar aan?

Met tekeningen van Mark Janssen